CEREAL

主　　编　Rosa Park
创意总监　Rich Stapleton
文字编辑　Richard Aslan

中文版主编　王菲菲
策划编辑　郝兰
责任编辑　刘杨
营销编辑　刘天怡
新媒体编辑　刘天怡

cerealchina
谷物 CEREAL

译　　者　张瑾
装帧设计　申亚申
封面摄影　Justin Chung

图书在版编目（CIP）数据

谷物 . 14, 标准之外的人生 / 英国 Cereal 编辑部编著 ; 张瑾译 . -- 北京 : 中信出版社 , 2020.8（2024.11 重印）
书名原文：Cereal 18
ISBN 978-7-5217-1980-2

Ⅰ . ①谷… Ⅱ . ①英… ②张… Ⅲ . ①游记－作品集－英国－现代 Ⅳ . ① I561.65

中国版本图书馆 CIP 数据核字（2020）第 106503 号

Cereal Volume 18

谷物 .14，标准之外的人生

编　　著：英国 Cereal 编辑部
译　　者：张瑾
出版发行：中信出版集团股份有限公司
（北京市朝阳区东三环北路 27 号嘉铭中心 邮编 100020）
承 印 者：北京利丰雅高长城印刷有限公司

开　　本：889mm × 1194mm　1/16　　印　　张：9.5　　字　　数：150 千字
版　　次：2020 年 8 月第 1 版　　印　　次：2024 年 11 月第 8 次印刷
书　　号：ISBN 978-7-5217-1980-2
定　　价：68.00 元

服务热线：400-600-8099
投稿邮箱：author@citicpub.com

序

关于遗产

遗产是一个很有分量的词。每次想到那些我爱的人会留下遗产，我都有所触动，其实这一本里也谈到不少这样的人。同时，我也总是忍不住把镜头对准自己。

遗产这个词带给我的焦虑，让我在过去一年中不断从各个角度寻找对它的解释，有时这些解释甚至是互相矛盾的。我想将这个词里的宏大感剥离出去，不是要贬低它，而是扩展它涵盖的范围，这样它就能显得不那么阴森森，而是有亲和力。

有时候看着我的父母，想到他们会丢下我们兄妹而去，我就立刻感到他们和我们之间被画了一条线。死去的人们活在亲人的回忆里，并因此得到永生。如果遗产是人们在你走了以后记得的你，那么假设我今天死了，我在人们心目中可能是这样的："她是《谷物》主编，开朗，爱吃西瓜，总是打瞌睡。"（我问了我丈夫这个问题，他就是这么说的。）这不完全是我想要刻在墓碑上的话，但相当准确。

然而，遗产不仅仅包括记忆。我相信遗产是对社会的贡献，无论这贡献是大是小。我的个人遗产绝对是尚在进行中的工作；还有一点可以肯定的遗产是，我公开和朋友、家人及同事讨论自己的错误和失败的意愿——这一方面是因为我遇到挫折时重视他们的意见，另一方面是因为我的错误也能帮助别人做出更好的选择。

我们的文化喜欢一夜成功的故事，它们很吸引人。但我更感兴趣的是在通往成功的道路上遇到的坎坷和波折。在标准的人生故事之外，我热衷于与人分享自己遭遇过的失败，它们共同构成了对我更全面的描绘。在成长的过程中，错误的价值不可估量，也因此错误是人生的宝贵财富。它侵蚀我们，也许还让我们经历痛苦，但同时它完善和重塑我们。科南 · 奥布赖恩（Conan O'Brien）说得好：

"生命中没有什么比正视自己最大的恐惧更让人感到解脱的了……是那些未实现的理想定义了我们，使我们与众不同。这过程并不容易，但如果你接受自己的不幸并正确地处理失败，它们终将成为你深刻自我变革的催化剂。"

——Rosa Park

FRANCIS
GALLERY
francisgallery.co

目录

Alice Cavanagh, 撰稿人，巴黎
Boy Swallows Universe — Trent Dalton

Ash James, 销售 & 数字经理
12 Rules for Life — Jordan Peterson

Charlie Lee-Potter, 作家
Frankissstein: A Love Story — Jeanette Winterson

David Annand, 作家
The Nickel Boys — Colson Whitehead

Frederik Vercruysse, 摄影师
21 Lessons for the 21st Century — Yuval Noah Harari

Genevieve Lutkin, 摄影师
Breathing Underwater — Marie Darrieussecq

Jennifer Cheng, 摄影师
Dream of the Red Chamber — Cao Xueqin

Jenny Bahn, 作家
Trick Mirror: Reflections on Self-Delusion — Jia Tolentino

Justin Chung, 摄影师
One Thousand Moons: Krishnamurti at Eighty-Five — Asit Chandmal

Justin H. Min, 撰稿人，洛杉矶
Exhalation — Ted Chiang

Laura Fowler, 作家
The Corrections — Jonathan Franzen

Laura May Todd, 作家
On Earth We're Briefly Gorgeous — Ocean Vuong

Leigh Patterson, 作家
Daybook: The Journal of an Artist — Anne Truitt

Libby Borton, 作家
The Living Mountain — Nan Shepherd

Lucy Brook, 作家
Three Women — Lisa Taddeo

Maciek Jeżyk, 摄影师
The Language of Cities — Deyan Sudjic

Marina Denisova, 摄影师
A Little Life — Hanya Yanagihara

Matilda Bathurst, 作家
Pincher Martin — William Golding

Matthew Johnson, 撰稿人，纽约
Virgil Wander — Leif Enger

Ollie Horne, 协理编辑
War and Peace — Leo Tolstoy

Rich Stapleton, 创意总监
The Long, Long Life of Trees — Fiona Stafford

Richard Aslan, 作家
The Parable of the Sower — Octavia E. Butler

Rory Gardiner, 摄影师
Queer Intentions: A (Personal) Journey Through LGBTQ + Culture — Amelia Abraham

Rosa Park, 主编
Walden — Henry David Thoreau

Sean Hotchkiss, 作家
Daring Greatly — Brené Brown

Seb Emina, 作家
Utz — Bruce Chatwin

Sheila Lam, 撰稿人，温哥华
A Treatise of Human Nature — David Hume

Yelena Moskovich, 作家
Klotsvog — Margarita Khemlin

Yuvali Theis, 摄影师
The Philosophy of Andy Warhol: From A to B and Back Again — Andy Warhol

UTZ
BRUCE CHATWIN
BEGINNING LOGIC
E. J. LEMMON
KAMET CONQUERED
grows old. Franz Kafka

《谷物》正在

用

Da Licença 的大理石碟

穿

Kassl Editions 的风衣

读

Rupi Kaur 的诗集《太阳和她的花儿》

摄影：Ash James

上午　**Hizashi绳结石**
Shizu Designs设计
品牌Loewe

摄影：Ash James

one

1

1729 酒店

乔纳森 · 安德森的空间

文字
David Annand

摄影
Rich Stapleton

乔纳森·安德森，JW安德森、罗意威的创意总监，2019年受汝纳特公司邀请设计1729酒店。

传统品牌面临的最大挑战是如何在保留特色的同时与时俱进。对于汝纳特（Ruinart）——世界上最古老的香槟酒制造商——这样的公司来说，挑战尤为严峻。

这一问题的解决方案不是跟随潮流，而是与潮流互动，让现代与传统相得益彰，相互辉映，从而找到创造的空间。这就意味着要与当下最富有创造力的人们合作。早在1896年，汝纳特就委托捷克艺术家阿方斯·慕夏（Alphonse Mucha）设计了新艺术风格的品牌海报。从那时起，他们一直与艺术界密切往来，赞助年度艺术家比赛，支持各种艺术博览会。其中最有意思的合作范例非1729酒店莫属，他们与艺术家们联合创造的“一房”（one room）概念酒店，每年只营业10天，每晚最多接待两位客人。2018年，平面设计师汤姆·欣斯顿（Tom Hingston）受汝纳特的传奇酒窖启发，为酒店打造了一种多感官体验：白石灰块作为装饰从天花板上吊下，像海绵一样的灯具上刻着象形文字。2019年他们邀请知名品牌JW安德森（JW Anderson）的创意总监乔纳森·安德森（Jonathan Anderson）参与设计。

这样的合作对安德森并不陌生。2013年他被任命为罗意威（Loewe）的创意总监，罗意威是1846年在西班牙马德里创立的经典时装品牌。安德森深入研究了罗意威的历史沿革，保留了公司悠久的传统，以确保为品牌融入时代感的同时不丢失其特色。

因此，在1729酒店的设计中，他毫无意外地采用了同样的思路。与欣斯顿强调感官的概念相反，安德森的空间设计更个人化。他采用开放式厨房，大餐桌上摆放的18世纪的盘子和银质餐具大部分是他的私人收藏。他与厨师卢克·塞尔比（Luke Selby）一起研发菜单，每晚住宿的客人可以邀请6个朋友来共进晚餐，香槟则由汝纳特提供。

安德森将他收藏的艺术品悬挂在客厅里，酒店中摆放着自己的私人物品和汝纳特的产品。他说：“品牌永远关乎遗产，它是有故事的，会讲述古老的现实，

乔纳森·安德森 —— 想象一下，3000平方米的空间里只有一张床，房间尽头挂着一幅透纳的画。对我来说，这是很棒的设计。

这很重要，因为最终这才是品牌的有形遗产。过去无法被更改，因为它已成为历史。想要设计有影响力，想要深刻理解品牌，就必须深入研究它的历史。”

安德森的灵感是在参观汝纳特酒庄时产生的。“我在酒窖里越走越深，这些酒窖是由战争期间的掩体改造的。待在里面时，外面的世界好像根本不存在，那是一种非常奇怪的感觉。”酒窖里挂着弗朗索瓦·德·特洛伊（François de Troy）1735年的油画《牡蛎午宴》（*Le Déjeuner d'huîtres*）的仿制品。真品收藏在尚蒂依孔代美术博物馆（Musée Condé），画的是当时的人们在喝香槟，香槟杯倒在冰碗中，牡蛎壳散落在地板上。“那时候香槟可是非常昂贵的，”安德森说，“冰也是奢侈品。这是人类饮食史上的高光时刻。我的灵感就来自那幅画，从古到今，人人都爱欢宴，但现代人已经丢失了那种场面的仪式感。”

说到底，安德森是会讲故事的人，他让每样东西都有了使用之外的含义，给客人带来一种剧场感。这里的餐具不只是盛食物的器具，更是历史文物。“香槟销量迅速增长的同时，茶叶贸易也在全世界兴起。茶叶太轻，船需要同时载些重东西，因此中国陶瓷也一起被进口到欧洲，其实很大一部分瓷器是为了压分量而运过来的。但欧洲人因此迷上了中国18世纪的瓷器，而这热潮是因为茶而兴起的。”东亚瓷器比当时欧洲的代尔夫特陶器（Delft pottery）要精美得多，这两种餐具在酒店中被同时使用，安德森想展示的是洲际文化相互影响和传播的历史。

汝纳特的历史与错综复杂的出口史也密不可分。如果没有英国玻璃制造商，法国香槟就不可能被运输到那么远的地方。正如安德森所说：“英国人做的玻璃瓶非常耐压，否则，在长距离运输时瓶子会爆炸。我觉得这些都非常有意思，我一直都很喜欢有意思有故事的物品。”

酒店中的很多物品正是如此。桌子是英国人爱德华·威廉·戈德温（Edward William Godwin）设计的，他深受亚洲文化的影响，作品中刻意表现陶瓷的历史。壁炉架上的酒杯和厨房里的水杯巧妙地讲述着玻璃的故事。“用和房子一样古老的杯子喝香槟是很浪漫的。”安德森说。框子上罗斯科（Rothko）风格的挂毯本来是围巾，两个明艳的螺栓点亮了素色的房间。“我喜欢巴洛克风格和极简主义的混搭，大面积空间中点缀着衰败的奢华。想象一下，3000平方米的空间里只有一张床，房间尽头挂着一幅透纳（Turner）的画。对我来说，这是很棒的设计。”

安德森为了他的收藏品煞费苦心，它们是他多年来在古董店和拍卖行里四处寻找的成果。“我认为时

英国有家玻璃制造商生产特别坚固的酒瓶，它们可承受气泡酒产生的内部压力，不会爆炸。这种瓶子的发明人叫凯内尔姆·迪格比（Kenelm Digby），是位外交官、学者，还拥有自己的合法武装舰船。17世纪30年代，他发明了一种技术，用于制造更厚、更坚固的玻璃瓶。与这家英国公司的密切合作使汝纳特的香槟能够出口国外。

尚就是一种策展活动，要把二三十个东西放在一起，找到相互关联的主题，是拼接的艺术。室内设计也是如此，是房间内部的一种表达方式，我觉得这很有意思，讲述着房门背后的故事。”看到酒店里这些安德森的私藏，我们对他自己房门背后的故事也有了管中窥豹之感。他说自己的家是一个进行中的工程，“一个房子永远不能看起来已经完成，因为这样的话它的功能就被我们模式化了。我的房子从来没有竣工，我也永远不想让它竣工，除非到了搬家的那一刻。”

有趣的是，这个项目，以及他的所有其他时尚设计，可能正是他自己的艺术遗产。他说：“我的目标是不断努力，持续收藏。我一直很喜欢剑桥的凯特尔之家（Kettle's Yard），那是吉姆·埃德（Jim Ede）精心设计的展示空间，后人没有进行一丁点儿的改动。我也一直想建一个能作为永久展厅的房子，我现在所有的收藏都只有一个目的，就是最终成为这个永久展厅的一部分。”•

two

2

不可思议之美

卡洛·斯卡帕的布里翁陵园

文字
Laura May Todd

摄影
Maciek Jeżyk

卡洛·斯卡帕 —— 我的大限到来之时，请用这些词汇给我盖棺论定，因为我本是一个取道希腊到威尼斯的拜占庭人。

卡洛·斯卡帕（Carlo Scarpa）1906年出生于意大利威尼斯，他以高度敏感的建筑风格闻名于世，将当时的现代主义与传统的威尼斯风格融为一体。斯卡帕生前并不是很有名，大部分作品都在家乡威尼托大区。如今他被看作是建筑师中的建筑师，一个话不多、充满创意、手艺精湛的人。他的艺术遗产等待着后人去发现。

他的最后一件，也许是最受尊崇的作品，坐落在威尼斯和高耸的多洛米蒂山脉（Dolomites）之间的宁静乡间。布里翁陵园（Brion Tomb）是布里翁韦加（Brionvega）电子公司创始人奥诺里娜·布里翁（Onorina Brion）和朱塞皮·布里翁（Giuseppe Brion）最后的安息之地。1968年，奥诺里娜在朱塞皮去世以后，委托斯卡帕设计陵园。斯卡帕花了十年时间一点点发展和完善陵园，直到完工。

当我向一位建筑师朋友提到要去看布里翁陵园时，他告诉我他第一次去参观的时候，被一种从未有过的感觉所震撼。他只能用“司汤达综合征”来形容那种感觉，症状包括头晕眼花、泪流满面，是人在面对美到极致的事物时的反应。

斯卡帕设想中的布里翁陵园，半是堡垒半是城市公园，附近圣维托迪阿尔蒂沃莱镇的居民会经常来光顾。他要建一座大型综合建筑，人们可以在这里野餐和玩耍，让这个城市的逝者在这里“招待”活着的人们。整座建筑以L形将陵园的北部和东部围起来，这是一系列独立但相互关联的建筑，有入口、静思亭、碑拱石及小教堂，有大片的草丛及起缓冲作用的水景，外面用土墙围起，与农民的田地隔开。

通过公共墓地，就到了布里翁陵园的入口。两个互相锁住的圆圈切入混凝土墙，象征着强有力的布里翁联合会。右边，沿一条小路，可以到静思亭。亭子坐落在波光粼粼的水面上，这座带顶的木结构建筑由细细的柱子支撑，对面是水塘外坡上的草坪。这里，锁住的圆圈再次以切掉一半的形式出现，并列在一起，装饰着布里翁夫妇两人墓前的碑拱石。碑拱石是一种多层的拱门，因早期烈士的地下墓穴而得名。斯卡帕根据威尼斯人行天桥的形状设计了这里的碑拱石。柔和的曲线下，镶嵌着乌木和象牙的两座墓碑彼此微微向对方倾斜，似乎在抵抗看不见的力量。石头下面的玻璃砖透出微光，仿佛被搅动的水面。旁边是倾斜的檐篷，遮在家族其他成员的陵墓上方。

入口

布里翁陵园宏伟的入口具有古希腊建筑风格，这种风格的建筑中最有名的是雅典卫城的入口——公元前5世纪由著名政治家伯里克利下令修建，山门由6根多立克柱子支撑，与里面帕特农神庙的8根柱子呼应。

从那里可以看到小教堂，一个半淹没在水中的废墟，从池塘中露出来。站在这里能将整个陵园尽收眼底：高耸的阶梯状的屋顶，镶嵌着圆圈的墙，数不清的小小的门像斑点一样点缀在外墙上，水面反射的光线从门洞里透进来，给厚重的混凝土注入活力。原本生硬的灰色建筑在各个细节上都经过精心处理，整体呈现出柔和的效果。灰墙外，橘黄色的锦鲤在荷叶下游弋嬉戏，拖拉机隆隆驶过。

斯卡帕家乡的影子在陵园的设计中随处可见：亮晶晶的穆拉诺（Murano）马赛克，精美的黄铜铸件，迷宫般的小路和深不见底的小巷。在这泥土和混凝土组成的空间里，水仍然是贯穿一切的灵魂。狭窄

的水道像麦田怪圈般切入地面，让各个部分有了交流，正如威尼斯的水路。我徘徊在这里，想着也只有在这样一个城市长大的人，才会发展出这样的逻辑和艺术，创造出如此令人难以置信的作品——太美了。

影响着整个设计的并不只有威尼斯，你还能在其中看到粗野主义（Brutalism）的影子，闻到巴洛克式的气味。但这里没有哥特式的四叶草形状和威尼斯式的拜占庭长廊。斯卡帕参考的是更广阔的世界范围内的丧葬文化和建筑。阶梯状的复杂墙面和延伸的拐角让人想起古代阿兹特克人（Aztecs）的纪念碑，那些直角使每个立面随云朵的移动而变化，在每个季节甚至每个小时投下不同的阴影。

斯卡帕受日本文化的影响是有据可查的，这种影响也清晰地展现在墙壁上。用石膏和黄铜模仿的日式屏风，让人想起日本茶园水面上的石板小路……走在这里的每一步都被精心设计过，让参观者渐入佳境。

实际上，斯卡帕的生命结束在日本。1978年在仙台旅行期间，他失足从水泥楼梯上摔下，成了被意外和暴力终结生命的建筑师之一。布里翁陵园当时已经基本完工，但还在进行最后的调整和修改。他自认为布里翁陵园是他一生中最杰出的作品。

布里翁陵园展示了斯卡帕所有的才华，这里融合了所有影响过他的建筑风格、近乎神秘的建筑理念，还有一位艺术家一生的积淀和奉献。这是最后的杰作，他自己也被埋葬在这里。据说他是以骑士的礼仪下葬的：被亚麻布包裹着，直直地站在墓碑下面，墓碑上刻着他的名字。他在为自己最后的作品站岗。•

现代派建筑师之死

卡洛·斯卡帕不是唯一意外身亡的现代派建筑师。勒·柯布西耶游泳时溺死，当时他住在蓝色海岸卡普马丁的小屋里。安东尼·高迪在巴塞罗那的街道上被电车撞死，他每天都从圣家堂的工作室出发去告解。还有路易斯·卡恩，他在曼哈顿宾夕法尼亚车站的洗手间里因心脏病发作而去世。

奥斯曼狄斯的空虚

文字
Charlie Lee-Potter

当我们评价一个人的潜在遗产时，常常喜欢用成就作为标准。有没有反击性别歧视，有没有写出经典的作品，有没有对减缓气候变化做出贡献？十有八九，答案是否定的。接着，就是看有没有反传统的表现。如果用这个标准，我在漫长沉闷的假期中练出来的口哨倒是可以算一个好成就。用右手的拇指和中指，我能吹出嘹亮的口哨，咖啡沫都能被我吹出20米远。可是这算什么？这难道能列入我的成就吗？我有点儿灰心丧气，开始在纸上胡乱涂抹。好吧，现在我给你第三个选择——反成就的成就，希望我能说服你。

具有讽刺意味的是，追逐成就的人渴望夸奖，却常常难负盛名。越是渴望被记住，他的动机就越不纯。只要随便扫一眼过去几百年的文学史，就能证明我的看法。我的目光落在书架上，目之所及，都是成就的渴望：《董贝父子》《米德尔马契》《卡斯特桥市长》《麦克白》《推销员之死》《安东尼与克娄巴特拉》《远大前程》……全是如雷贯耳的作品，以及在历史上留下印记的渴望。然而，作家们最终都会明白，他们充其量只是留下了这些油印的纸张而已。就像我姨奶奶苏西那句刻薄的老话：“这也算是命里该得的。”

这种想要留名青史的挣扎，小说家和哲学家约翰·福尔斯（John Fowles）称之为“想骗过尼莫”。尼莫（nemo），拉丁文中是“无名之辈”的意思，是指我们思索自我虚无性时的一种绝望和恐慌。福尔斯说，我们所有人的耳边都有一个声音挥之不去：“我一定得留下点什么……我一定要努力，影响他人，超越血肉之躯，超越生命本身。”但最终赢的总是尼莫，它提醒我们生命短暂，一切徒劳无益。福尔斯声称只有两种方法能击败尼莫，这两种方法都与成就有关。

一是投入社会生活中，追求财富、地位和权力。这种方法的风险是，如果你没有如愿以偿，你还是会被尼莫打败。二是完全无视社会。但福尔斯说，最讽刺的是这些反社会的人并不只有一个，数量一多，他们又成了无名之辈，尼莫又赢了。

就算你选择了第一种方法，功成名就了，事情仍然没那么简单。你在赢得财富、地位和权力的路上放弃了多少东西？还有，就算你现在得到了这些，以后这一切又都失去了怎么办？珀西·比希·雪莱的诗《奥斯曼狄斯》（*Ozymandias*）讲的就是地位和声誉是如何稍纵即逝的。这首诗中说沙漠里的巨型石雕上刻着：

“朕乃奥斯曼狄斯，王中之王，
看看我留下的东西，多么宏伟辉煌！”

看到这里，感觉还不错。可是断落的雕像有一半已经埋在了沙子里，只剩下两条没有躯干的腿。

“而今一切荡然无存。偌大的废墟，
残骸四周只有苍茫戈壁，
孤寂黄沙铺展向远方，无边无际。”

我脑海中又冒出苏西姨奶奶那句老话，奥斯曼狄斯也得到了他命里该得的下场。

那么，如果成就如此难以留存，欲望又是如此虚妄，我们该怎么办呢？反成就的成就到底是什么？我的想法是建立一

奥斯曼狄斯是埃及法老拉美西斯二世的希腊名字。尽管诗中的雕像是虚构的，但很可能受了一家英国博物馆收购的拉美西斯二世雕像的启发。据说这个雕像在雪莱1817年开始写这首诗前不久被展出。

种积极、充满活力、大胆的成就感，让微不足道的事情也变得意义重大。换句话说，我们能不能把注意力放在一些细小的、谦卑的事情上？比如说礼貌的态度，快乐的感觉，吃一顿好像伊萨克·迪内森的小说《芭贝特之宴》中描述的精致饭菜？据说教皇最喜欢的电影就是由其改编的，因为里面充满了慷慨、仁慈和数不胜数的创造性思维。说到底，这就是成就，只要能带来某种创造性，哪怕小到手刻一把勺子，或是脆弱到只是瞬间体验到的神奇感受。

我们都应该做好心理准备，即我们可能做不出什么成就——因为这不在我们的控制之中。20世纪的艺术家伊娃·黑塞（Eva Hesse）用白色乳胶做出了一尊了不起的雕塑，她把乳胶薄薄地涂在物体表面，雕塑的边缘软软的、皱巴巴的，有种怪异的质感。但乳胶会褪色，会瓦解，会随着时间流逝从清透柔顺的白色变成坚硬易碎的同美黑一般的棕褐色。她的成就在于，用艺术品的非永恒性表达了生命的深刻内涵，实际上就是一种反成就的成就。黑塞承认人们要买这个作品时她有点儿愧疚。“我觉得他们懂这个作品的实质，但我还是想给他们写封信，说明一下这个作品不会长久。不过，其实我自己也说不清楚我说的长久到底是什么。所以也许这么做纯粹是多余……生命不能长久，艺术也不能长久。”尽管艺术不能长久，它却可以给混乱的东西赋予模式、形状和秩序。艺术无法创造和固化成就，却以它反成就的姿态，将生命的崇高和意义表现出来。

反成就的成就在当代艺术中最完美的表达是苏珊娜·鲍尔（Susanna Bauer）精美的绣花艺术。她收集枯叶子，用针线缝出花样。一片叶子裁成圆的，从中间切开，用另一片叶子跟它缝在一起。两片叶子用最小的针脚密密麻麻地并排缝在一起。鲍尔让人们再次体会到一个物体对另一个物体的巨大影响力。旧有的用权力、地位和财富来击败虚无感的努力在这里是多余的。用精致的绣花手艺赋予枯叶新的生命，鲍尔没有跟随奥斯曼狄斯的脚步追逐荣耀，而是追寻自我的整合。这避开了人人都想逃避的致命的空虚，算得上是了不起的成就了。•

东西相遇 1963

three

3

何藩

一部回忆录

文字

Ollie Horne

摄影

Fan Ho

图片提供

Themes+Projects

学习的她 1963

一束光线打在黑暗的楼梯间；之字形阴影穿过明亮的街道；水泥墙被对角线阴影一分为二……在这些照片里，光和影精确地结合在一起。但这些照片又不只是几何图形，里面还有人的温暖。明亮光线里的人，背上是沉重的柳条筐，头被肩上的棍子压得垂下来；背着手的老人，穿着人字拖，冷静而忧伤地向前迈步。这些人没有意识到，他们的一瞬间，已被一个耐心的年轻人用禄来福来（Rolleiflex）相机的双镜头捕捉了下来。

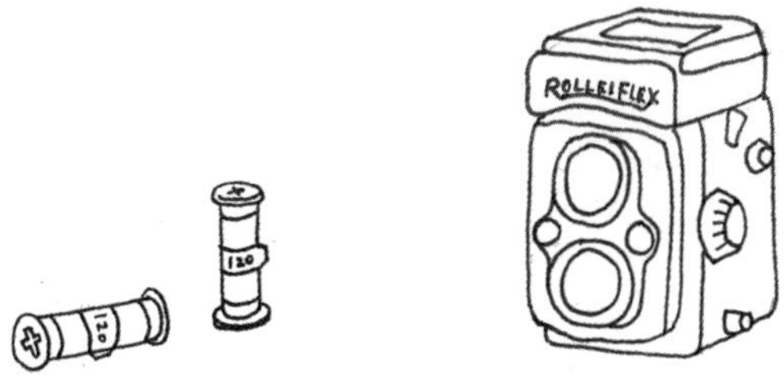

禄来福来

何藩整个职业生涯都用同一台相机，禄来福来3.5系列，这是他18岁那年买的。禄来福来是双镜头相机，一个镜头聚焦主题，另一个捕捉图像，是单反相机普及以前的老式相机。现在的单反相机有一个内置反光镜，摄影师可以用同一个镜头捕捉图像和取景。

20多岁的时候，何藩有头痛的毛病。医生要求他在每天学习之余出去散步。何藩觉得这种漫无目的的游荡太没意思，他的解决方案就是照相。与其在熙熙攘攘的大街上找寻镜头，不如选择一个有意思的地方等着。有时候等一天，有时甚至更长，才能等到他有感觉的人物出现，这个“人物”可能是孩子、老人、年轻女人，甚至是猫。在2014年《南华早报》的一次采访中，他说：“我必须等到感动我的事情出现，艺术一定要有人性。如果你没感觉就按下快门，那么看照片的人也什么都感觉不到。”

他镜头中是香港的旧时光，寂静街道上引人沉思的阴影。这些照片大多拍摄于20世纪50年代早期，何藩在城市中捕捉到这些寂静时刻，记录开始消逝的传统广式生活。疲倦地推着手推车的男人穿过电车轨道；光着脚的小孩在市场和小巷里奔跑，身旁是忙碌的小贩和剃头匠。他的照片记录了那个年代，同时描绘出一个抽象的，甚至是普遍的人类生活。

何藩在30岁以前就获得了200多个摄影奖项，于1958年被美国摄影学会评为“摄影十杰冠军”，一年后在香港举办了首次个展。但少年成名之后，他把摄影放在一边，开始电影表演和导演生涯，直到1996年退休，搬到美国加州的圣何塞居住。

退休以后，回顾职业生涯，何藩渴望重新审视他年轻时拍下的作品。新家在湾区，他开始在湾区附近闲逛，经常光顾帕洛阿尔托（Palo Alto）的一家叫“现代书”（Modern book）的书店和画廊。“我们是2000年认识何藩的。”老板布莱恩·叶迪纳克（Bryan Yedinak）回忆道，“他每周都会光顾，与我们聊好几个小时的艺术和摄影。几个月以后，他告诉我们他是一名摄影师，问我们要不要看他50年前在香港拍的照片。过了一周，他提着一个宜家塑料袋来了，里面是老照片。当时我们还年轻，从未见过这样的照片。他仔细地给我们讲拍这些照片的时间、方法、光线、角度、胶片和纸张类型、暗室和裁剪技术。他问我们想不想给其他顾客看看，我们说想。”就在那年，现代书书店和何藩联合举办了他的香港作品的个展。这是自20世纪60年代以来人们第一次看到这些照片。

何藩于2016年在圣何塞去世。现代书书店陆续出版了他的三本摄影集：《昨日香港》《生活剧场》《何藩：香港回忆录》。叶迪纳克说：“何藩以其拍摄的20世纪中叶的香港标志性图像而被人记住。人们被他的作品吸引，他的照片有种魔力，无法用语言形容。”•

光线 1959

早茶 1961

靠近阴影 1954

日尽 1962

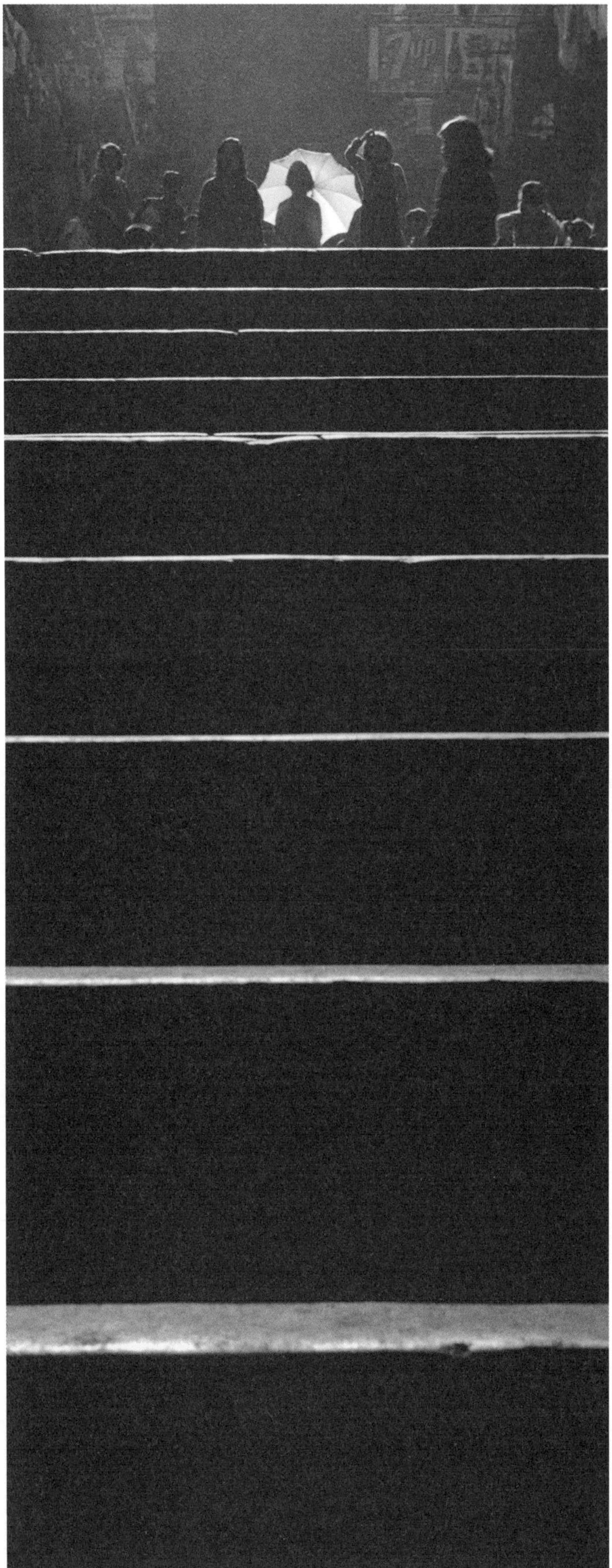

台阶 1960

four

4

弗兰克·劳埃德·赖特的设计

现代主义建筑风格典范

文字
Ollie Horne

摄影
Rich Stapleton

2019年7月，弗兰克·劳埃德·赖特（Frank Lloyd Wright）的8件作品作为北美现代主义风格的范例被联合国教科文组织列入世界文化遗产名录。这些设计涵盖了他70年职业生涯中的大部分时期，从他自认为的第一个现代主义作品普救教会（Unity Temple，1908年），到去世那年的最后一个作品，位于曼哈顿、盘旋缠绕的古根海姆博物馆（Solomon R.Guggenheim Museum，1959年）。

赖特被公认为第一个北美原创建筑风格（又称为草原式风格）的开拓者。他摈弃了欧洲严谨的装饰性传统，为适应中西部广阔的平原地貌，创立了符合他的"有机建筑"哲学的风格：草原式住宅以粗犷的线条、挑空的露台、大屋檐、开放式起居区和大面积连窗为特征。列入名录的项目，包括位于芝加哥的罗比之家（Frederick C. Robie House），赖特在威斯康星州的住宅和工作室塔里埃森（Taliesin，有人说这是赖特用木材和石材写的自传），以及亚利桑那州的西塔里埃森（Taliesin West）——现在的弗兰克·劳埃德·赖特基金会所在地。

赫伯特·雅各布斯和凯瑟琳·雅各布斯的故居雅各布斯住宅（Jacobs House）也收入在世界文化遗产名录中，它是赖特的美国风住宅典范，这一体系的设计以成本合理而著称。一起列入名录的还有霍利霍克别墅（Hollyhock House），它于1921年在洛杉矶的东好莱坞竣工。这是一栋华丽的水泥建筑，以7世纪的一座玛雅神庙为原型，是玛雅复兴建筑的早期例证，这种风格在20世纪20年代和30年代风靡一时。

落水山庄（Fallingwater）是赖特有机建筑哲学的最好代表。它位于宾夕法尼亚州郊区，是为埃德加·考夫曼（Edgar Kaufmann）设计的度假别墅。考夫曼还委托理查德·诺伊特拉在棕榈泉设计过考夫曼之家。他要求在这座别墅里能够看到附近的一条瀑布。受到一块挑空的石头启发，赖特把起居室建在了水面上，让那块石头直接嵌进中央壁炉，把房子和周围环境完美地结合在一起。•

five

5

露比·考尔

生命中

不能没有诗

文字

Jenny Bahn

摄影

Justin Chung

造型

Shilpa Shah

of Cuyana

&

Felicia Ann Ryan

妆发

Mila Victoria

库亚纳：一段逸事

库亚纳（Cuyana）是一个总部位于旧金山的品牌，由希尔帕·莎（Shilpa Shah）和卡拉·加拉多（Karla Gallardo）创建，秉持简单、环保、实用、更少、更好的精神，又绝不牺牲美感。这正适合露比·考尔（Rupi Kaur），一个以感伤气质闻名、眼光独到的女人。

“我一直是考尔的追随者，”莎说，“后来终于主动跟她联系。没想到她马上就回复了，不仅表达了对库亚纳品牌的热爱，还分享了一段逸事。考尔告诉我，她写第二本书《太阳和她的花儿》（*The Sun and Her Flowers*）的时候，会去我叔叔在伯克利开的影印店打印手稿。那几个星期里，我叔叔一直笑她浪费纸（‘为什么每页字数这么少？一张纸只能放一首诗吗？’），然后有一天，他告诉了考尔有关库亚纳的创业故事。我爱死我叔叔了，我和考尔简直是命中注定要认识的。”

为了这次拍摄，莎设计了一段动作，考尔的现场表演一般都有动作，所以要在配饰上有特别考虑。“印度妇女跟首饰的关系很特别，它代表着家庭和传承。”莎说。莎和考尔一样，都是旁遮普人。“所有的珠宝都是私人收藏，有些是我妈妈和奶奶的，有几件是我自己的。”在多伦多的摄影棚里，莎想象着，奶奶看见考尔穿着自己孙女设计的衣服，戴着自己在旁遮普邦的首饰会怎么样，“她肯定激动得不行。”

⟵ 前页

灯笼袖上衣 Cuyana

裤子 Connolly

手镯 露比·考尔私藏

耳环 Alighieri

→ 上图

黑色高领衫 Cuyana

耳链 Sophie Buhai

下图

羊绒开衫 Cuyana

丝质连衣裙 Cuyana

RH 手镯 露比·考尔私藏

LH 金手镯 Permanent Collection

LH 不锈钢手镯 Cuyana

露比·考尔坐在我对面，这是一个共享办公空间中的玻璃会议室。在我们周围，一群陌生人在黑暗中对着自己的电脑，对我们完全没有兴趣。这没有隐私保护的环境让我很不自在，而办公室的气氛又让我找不到细节来更深入地了解考尔的生活和工作。没纸，没书，没有家具，我们待在一个没有现实生活痕迹的盒子里。不过，考尔似乎对路人瞥来的目光无动于衷，自顾自说着话。我看着她，她身后玻璃墙上的一块铁饰映入我的眼帘，让我联想到Instagram（照片墙）上的图片框，透明而显眼。

很明显，在这小小的玻璃框里，考尔对自己的现状很满意，这也象征着她目前受关注的程度和随之而来的成就感。她想在众人面前展现自己的眼光与才华，这已然实现，甚至超出了预期。这位来自旁遮普的印度裔加拿大籍诗人广受欢迎，近400万人在Instagram上关注了她。2014年她的新书《奶与蜜》（*Milk and Honey*）荣登《纽约时报》畅销书榜首。2017年出版的《太阳和她的花儿》又大获成功。她在世界各地举办朗诵会，成千上万人参加。她的听众，不管来自哪里，都以年轻女性为主。她作品的主题涉及女性之间的感情、女性主义、压迫和虐待。诗歌内容沉重却精巧易懂，语言简洁明了，还配有她自己画的插图。作为一个诗人，考尔的通俗易懂受到读者的赞扬，却被评论家们嘲笑。可是说到底，她的诗有众多读者捧场。

要更深入地了解考尔的创作源泉，我们需要回溯历史，从她的童年开始，直到她全家离开旁遮普邦的锡克教社区，移民到加拿大郊区，那些孤单的日子。20世纪80年代，考尔出生之前，锡克人寻求独立，被印度政府拒绝，引发了紧张局势。1984年，印度总理英迪拉·甘地被自己的两个锡克教卫兵暗杀，冲突达到高潮。在接下来的日子里，成千上万的锡克教徒，不管是不是民族主义者，都被报复杀害。“只要缠头巾留胡子，”考尔说，“你就逃不掉。”锡克教激进主义运动一直持续到20世纪90年代，随之产生的暴力、恐怖主义和反锡克教潮流波及了没有参与运动的无辜者。考尔的父亲是锡克教徒，也被警察抓走，后来他叔叔认识的人又托认识的人帮忙，很快将他释放了。按考尔的说法，父亲比其他人幸运。“父子一起被抓，”她说，“男人都消失了。”留在旁遮普邦太危险，父亲在她刚出生时永远离开了印度，开始辗转各国，最后抵达加拿大。

在旁遮普邦的幼年生涯里，父亲是缺席的，但考尔得到了很好的照顾。她记得阿姨和堂兄弟姐妹的陪伴、油炸甜食，还有坐在祖父的摩托车后座上的时光。“我在那里很受宠，”她说着，眨眨眼，“他们是这么说的。”1995年，和父亲团聚的时候到了。考尔在机场就开始哭，上了飞机继续哭。她为空姐没有给她糖果哭，直到得到了一个塑料瓶才安静下来。她从来没见过塑料瓶，但平静并没有保持多久。下了飞机，一个陌生男人迎接了她们，母亲介绍说这是她的父亲。“我当时想‘不要’。”

考尔和父亲的关系并没有随时间的推移变得顺畅。祖国的政治和环境的改变，不可避免地影响了父亲和家人。他的创伤某种程度上成了全家人的创伤。“这一切发生之前的父亲和我后来认识的父亲很不一样，”考尔说，“和他在一起时，很少有欢乐，很少有笑声。他总是很疲倦、冷漠和受伤。”考尔的父亲从来没有公开谈论过过去或情感。她对父亲的了解是偶尔回印度从叔叔那里听到的。“我花了很长时间才原谅父亲，”她坦诚道，“某些经历会改变人，这是很自然的。”但在小时候，这经历让她变得很内向。

作为一个年轻的移民，考尔对新家的感觉和对父亲的感觉一样陌生。蒙特利尔没有她熟悉的那种郁郁葱葱。没有棕色皮肤的人，取而代之的是白皮肤的人。她的父母不会说英语，开始的两年她也没有机会说。“有很多次我只能去同一间教室的洗手间，因为我不知道该怎么问。”随着时间的流逝，考尔慢慢开始说英语，继而爱上了阅读。“虽然没有多少钱，但父母总是带我们去二手商店买书。书是我唯一的玩具。”她在纸上找到了慰藉，文字成了她的伙伴。

诗歌作为必需品来到生活里。“我曾经为朋友和喜欢的男孩写诗，”考尔说，“写作是我沟通的最好方式，因为我害怕当面对话。”沉默是她童年的主旋律。“一直到五年级，我几乎没有大声说过话。”两年后，她真的找到了自己的声音，开始参加演讲写作比赛，这激发了她表演的热情。“这真是太刺激了。一个害羞的孩子，从来都没人注意，突然要被迫变得那么显眼。”演奏古典印度音乐又一次将她带到舞台上，从那时起，她如鱼得水。

高三那年她第一次表演诗朗诵。“那诗真的很差。”她说。但朗诵结束后，考尔受到一群比她大10岁的男观众的欢呼。“这是我人生中第一次有男性给我温暖、爱心和我需要的支持。当然，我父亲也尝试爱我，但他有自己的方式。”那场演出让考尔认识了很多锡克教徒，并在之后很多年参与到印度锡克教徒的社区活动中——很多活动关注的问题正是让她父亲当年不得不逃离旁遮普邦的问题。

志愿者和组织者的社区工作让考尔上台的机会越来越少。有一天，一个同事鼓励她多参加表演：“你朗诵自己的诗，为那些活动写作，然后这些诗就被搁置，再也没有人听到它们了。你的诗有很多人喜欢，它们应该被更多的人听到。”考尔于是用YouTube、Tumblr、Facebook、MP3录音、博客等多种社交媒体来发布自己的诗歌。可是没有多少人听，舞台上的诗朗诵在互联网上没有人关注。但是后来出现了Instagram。考尔在大学里选修修辞学，开始问自己如何最好地传播她的信息。她开始尝试把长诗缩短，产生更好的视觉效果：“我提取其中的精华，再仔细润色，一定要打动自己，之后才能放到网上去。”因为这些诗歌有合适的长度和良好的视觉效果，考尔的读者群迅速扩大。

毫无疑问，考尔是互联网打造的艺术家，媒体也给她贴上这样的标签。这是这代人的现实，她似乎并不介意。只有当“网络诗人”一词被用作贬义词时，她才会不舒服。按考尔的看法，这贬低大多来自文学圈子。“我觉得文学圈很难接受Instagram诗人，因为我们大部分是年轻人，还是女人。我的意思是，哪个圈子会喜欢被年轻人和女人主导？”那些保护诗歌传统形式的人就像象牙塔里的看门人。“人们批评我的诗歌，说太通俗易懂了。这让我一直觉得难以理解，老少咸宜不是好事吗？”

像考尔这样所谓的网络诗人为普罗大众开拓了一个新的情感抒发渠道。考尔对迎合传统的品味没有任何兴趣。“我的诗是为孤独的15岁女孩写的，她们在这世上没有任何依靠，我曾是那些女孩中的一员。我不打算写给认识各路名人、得过各种奖项的时髦知识分子。我甚至连那个阶层是什么样都不知道。Instagram上的诗歌让那么多人互相理解，这非常重要。否则不属于那个阶层的年轻印度女孩、黑人女孩，或其他某个地方的孩子如何能够梦想成真？我觉得这真的太激动人心了。”

考尔深知生活在这个时代的幸运。“20年前肯定不会有我这样的成功。”她言简意赅。这个时代为她这样不愿意接受国家、文化、家庭束缚的人打开了一个窗口。考尔不仅要为这些人发声，还想让他们为自己发声。“我总是和年轻女孩子说，生活在这个时代有多幸运。一定要抓住机会，发展自己的潜能。想要做什么就赶紧做，一定要试试，允许自己犯错。”考尔的存在对其他人是一种激励，她的“遗产”将不只是她留下的文字，还有她为其他人打开的一扇门。•

摘自《太阳和她的花儿》

我的声音
是两个国家冲突
的产物
是英语
和我的母语
爱的结晶
有什么可羞耻的
我的声音
是父亲的词句
加上母亲的口音
我的嘴里吐出两个世界
这有什么关系

——《口音》

丝质风衣 Cuyana
项链 乔尔帕·莎私藏
鞋 露比·考尔私藏

six

6

风、沙
和星星

若昂·罗德里格斯的
宁静生活

文字
Seb Emina

摄影
Rich Stapleton

酒店老板都在猫途鹰网上收到顾客点评，而若昂·罗德里格斯（João Rodrigues）却直接收到顾客来信。我们在1728圣塔克拉拉——罗德里格斯在里斯本市中心的酒店见面时，他正在看一封顾客来信。那信在一张非常高级的日本信纸上手写而成，大意是，在他的酒店住了几天后，这一家人又开始一起吃早餐了，这个酒店改善了他们的家庭关系，他们特地写信来感谢。“我和客人们关系很好。”这位航空飞行员兼酒店老板说。

A.

是的，他是航空公司的飞行员。罗德里格斯值飞葡萄牙国家航空公司TAP的航班，每个月在里约热内卢、旧金山和马普托航线上飞4次左右。他在这座世界闻名的好客之都里经营一家著名的酒店纯属运气，是家族传承的意外收获。“纯粹是个意外，”他说，“我们家有座度假别墅，因建筑风格闻名。”

B.

这就是沙屋（Casas na Areia），坐落在离里斯本南部不远的孔波塔区（Comporta region）河滨自然保护区。这座由建筑师曼努埃尔·艾里斯·马特乌斯（Manuel Aires Mateus）改造过的茅草建筑总共有四栋。从外观看，是典型的原始渔民住宅。但真正令设计界着迷的是它的客厅，地板上是一层沙子。“房子建在沙丘上，”罗德里格斯说，“房屋内部的地板和屋外的大地很自然地连在一起，让人觉得这房子没有边界，不受限制。”2008年，这座建筑作为马特乌斯作品集的一部分在威尼斯双年展上展出。世界各地的10家杂志采用它做封面，朋友们开始打听这里能不能留宿，这就是他们开始对外出租的由来。

十年来，罗德里格斯和朋友马特乌斯又一起建造了三个项目，它们与沙屋共同组成了“宁静生活”。这是一个小品牌，顾名思义，很宁静，但更深刻地体现这个品牌的，是它作为旅馆和家庭日常居所的双重身份。严格说来，我们现在位于1728圣塔克拉拉酒店（在集市广场旁的一栋建于18世纪的美丽建筑中），这栋复式公寓在六间客房的上面，是罗德里格斯和妻子及五个孩子的家。时间之家（Casa no Tempo）是另一栋翻新过的农舍，位于距里斯本市内一小时车程的阿连特茹地区，曾经是他爷爷的房子。而离沙屋不远的里约热内卢小屋（Cabanas no Rio），则是家里人经常来的度假小屋。

C.

“我有个朋友是渔民，他经常在凌晨4点敲我的门，问：‘若昂，想和我一起去钓鱼吗？’”罗德里格斯说，“后来他生病了，想把小房子卖掉，我说，好吧，我来买。开始的两年，我们都只是当天来当天走，带几本书，把房间涂成白色，再买几把椅子，待在水上的浮桥上。有一天，我太太突然说，‘我很想在这儿过夜’，可是那房子里既没有床也没有卫生间什么的。我们当时

A.
从1728圣塔克拉拉酒店可以看到国家先贤祠的圆顶。这里17世纪刚建成时，是圣恩格拉西娅教堂（Church of Santa Engrácia），20世纪初被改造成里斯本的国家先贤祠。

B.
1728圣塔克拉拉酒店的室内设计特别重视材质。浴缸是淡粉色的本地石灰岩石，与白色瓷砖墙壁和松木地板形成柔和的对比。

C.
若昂·罗德里格斯坐在他的复式公寓里。这栋公寓位于1728圣塔克拉拉酒店之上，他和妻子以及五个孩子一起住在这里。

D.
时间之家外的晚霞，坐落于葡萄牙阿连特茹乡村的“宁静生活”，周围有成片的软木林和草地。

E.
农舍时间之家曾经是罗德里格斯祖父的房子，由马特乌斯仔细地重新装修过，如今是座有四间居室的现代度假别墅。

D.

E.

有四个孩子，我想：‘怎么办？好吧，我们想想办法。’”

这里是佐渡河（river Sado）上的两栋渔夫小屋，装修这两座小房子靠的完全是记忆中的感觉。你可能从来没有来过这个地方，却有种似曾相识的感觉。“这房子太小了，12平方米，要让人住进去，还能放下所有的行李。”罗德里格斯说，“造房子的材料是旧木材，房子在河上有一个延伸出去的浮桥，所以这座建筑跟水的关系很深。整体的设想是，你来到这里，感觉好像不是很震撼，但是又非常自然，好像是记忆中的一部分，就像小时候童话故事里的渔夫小屋。”

风、沙和星星。罗德里格斯在世界各地飞，还创造了能留在人们记忆中的美丽居所，他的客人经常写信来感谢它们带给自己的改变。罗德里格斯记忆中有另外一封特别的信，是关于沙子地板的。“五年前，有个德国人入住沙屋，带着家人来度假。因为到哪儿都得工作，他带着笔记本电脑。他在客厅开始工作，发现音乐太吵，于是走到房间的角落去调低音量。当他在地板上走时，发现在沙子上走非常难，于是被迫放慢了脚步。突然，他抬头，看见游泳池里的妻子和孩子们。他说：‘我跑这么远抱着笔记本电脑干吗？’当然，我们设计房子和沙子的时候，根本没想到还会有这个效果，”罗德里格斯说，“但它打动人的方式真是太美了。”•

沙屋

沙屋坐落在佐渡河边的沙丘上，是宁静生活品牌的第一个项目。它包括四间茅草屋，四周沙滩围绕，沙子一直延伸到房子内部，铺满客厅的地板。

seven

7

塔勒·塞特

参观

胡安·米罗工作室

文字
Lucy Brook

摄影
Marina Denisova

胡安·米罗（Joan Miró）在这里工作了近30年。这是个被茫茫大海和浩瀚天空包围的空间。每天黎明时分，他雷打不动从家里的生活区域走下石头楼梯，来到工作室。楼梯尽头摆放着大量诗集。他会选一两首诗细细品味，然后静静地坐着，一坐就是几小时。

米罗一生创作了很多世界有名的超现实主义和抽象主义艺术作品，他还有不同形式的陶瓷、版画、书籍插图和雕塑实验艺术品闻名于世。拥有如此杰出的成就，却又出了名的低调，他经常为完成一幅画辛苦数年，独享沉默和孤独。

这样低调的个性，难怪米罗虽一直渴望有一个属于自己的空间，却直到64岁才在马略卡岛有了自己的工作室。工作室由米罗与好朋友约瑟夫·路易斯·塞特（Josep Lluís Sert）合作设计，塞特是勒·柯布西耶的学生。工作室塔勒·塞特（Taller Sert）本身就是一件艺术品，米罗马略卡基金会用10个月时间将其还原，于2018年下半年重新向公众开放。

米罗和塞特于20世纪30年代在巴黎成为朋友。1939年，塞特被流放，去到美国，米罗本打算同他一起，但后来还是与妻子皮拉·洪科萨（Pilar Juncosa）一起去了马略卡岛。1953年，定居纽约的塞特接受了哈佛设计学院院长职位。与此同时，在马略卡岛，米罗和洪科萨在帕尔马郊区买下一大块地，这块地面对着地中海的壮丽风光。

工作室的设计花了两年的时间。米罗和塞特为此写了很多长信，交换图纸，最后做出了设计模型，现在陈列于温控展厅里。放模型的盒子是寄给米罗的女婿的，现在也在工作室展出。

“从这些信里，你能看出米罗的想法非常清晰。”米罗马略卡基金会策展人和展览馆馆长帕特里夏·洪科萨·韦基里尼（Patricia Juncosa Vecchierini）说。对她来说，翻修完成的工作室是爱的成果。“你还能看到塞特如何把这些想法变成了图纸，将梦想变成了现实。”

如今，这座建筑已经成为现代主义建筑的标志。地上是红陶瓷砖，瓷砖上有米罗的画。白色的飞檐屋顶，似乎直达天堂。地中海的灿烂阳光透过天窗，帕特里夏说，这对米罗的创作至关重要。然而，当塔勒·塞特于1957年竣工时，米罗觉得这一切太过强烈，没办法在里面工作。“突然拥有如此完美的空间，他却不知所措了。”帕特里夏说，“他需要慢慢地把这里变成自己的领地。在那一刻，那只是建筑师的作品。把它变成画家的工作室需要一个过程。”

米罗开始用剪报、明信片和照片让这里有他自己的味道。他把自己收集的骨头、瓶子、石头和贝壳用展示柜陈列开来。他说很多东西都是“静止的物件”，但是，“在我心中，它们都是有生命的”。

1959年，米罗又开始画画了。从这个工作室里出来的第一批作品中，有一张送给塞特的巨幅怪诞壁画，在马萨诸塞州剑桥市的塞特房子里挂了很多年，后捐赠给了哈佛博物馆。

除去修复建筑结构和水淹的损害，2018年的修复对于帕特里夏和她的团队来说，是一个研究当年米罗工作状况的机会。这个工作室鲜有人造访，他们就像侦探一样，发掘出很多20世纪七八十年代的纪实照片和稀有影像资料。地板上的脚印和瓷砖上的痕迹帮助他们准确地定位了家具，还有明信片、石头、铅笔、烟灰缸和画架的位置。他们还复制了壁画，还原了米罗在工作室里画画的场景。

直到米罗1983年去世，这处工作室一直是他的神圣空间，是作家罗伯特·卢瓦尔·梅塞里（Robert Lubar Messeri）笔下的“跨界艺术实验室”。米罗坚持将塔勒·塞特保存下来供后世参观。1981年，米罗将这里赠送给了马略卡岛上的帕尔马市。他一直希望自己的工作能成为新艺术家的土壤，培育和发展新的艺术手法。

“重要的不是艺术品本身，而是它创造的氛围、影响的东西。”1958年，米罗对画家兼作家伊冯·泰兰迪尔（Yvon Taillandier）说：“艺术品会消亡，但是它已经播下了种子。”●

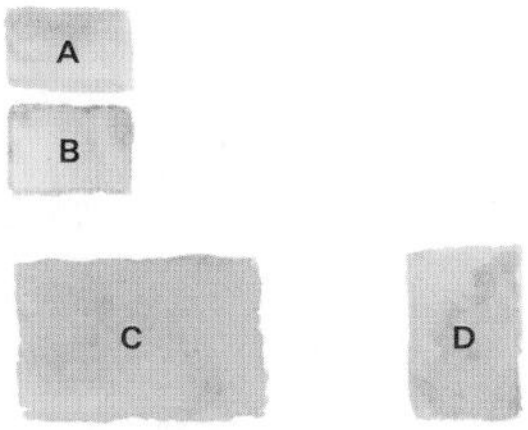

A.
索恩·波特（Son Boter）外观，这是一栋18世纪老建筑，米罗用于绘画和雕塑的第二个工作室。

B.
米罗在索恩·波特木墙上画的碳笔素描，涂鸦风格。

C.
塔勒·塞特工作室内部。

D.
塔勒·塞特工作室外观，由米罗与好友约瑟夫·路易斯·塞特共同设计。

文字
Justin H. Min

我承认，演艺生涯才刚刚开始，就谈论文化遗产，有点儿过于自恋。我也明白，这个词只能用在在这个行业工作了很多年、成就斐然、榜上有名的好莱坞名人身上。不过，严格说来，很多东西都可以叫作遗产。我们都会在这世界上留下一些东西，或大或小，或平凡或伟大。问题在于，你想成为什么样的人。

作为演员，答案似乎显而易见：创造出人们喜爱的角色，为后人记住。某种程度上，这正是我想留给世界的遗产。但我不仅是演员，还碰巧是韩裔美国人。在谈职业生涯的时候提及我的种族，有点儿怪，但我必须谈到这一点。表演是一种视觉艺术，我皮肤的颜色与我的形象、我的作品以及我描绘的人物都密不可分。

特别是在当今的政治、社会和文化环境下，亚裔艺术家这一身份及其背后的含义根本分不开。我并不介意这个事实，并且认为这是一种进步。亚裔美国人被主流媒体忽视的事实由来已久，直到近年来才有权威人士开始重视屏幕形象多样化的问题，因为只有这样才能准确反映我们生活的这个多元文化世界。我明白，人们看到我，不只是看到一名演员，还会看到我所代表的更大社会层面的潮流和变化。

在某种程度上，亚裔演员这个身份本身就是一种文化遗产。我们为了亚裔美国人在舞台上、电视上和电影中有一席之地而努力，为后人铺平了道路。这些努力在我们的艺术作品中被表现出来。我依然记得小学时候看到的电影《喜福会》里面全是亚裔美国演员的那种感觉。那是我第一次意识到也有很多人跟我是一样的，我们有相似的传统、抗争和历史。不管能不能被提名艾美奖或奥斯卡奖，我在这个行业的存在本身就能够推动社会向前走——即使是以最微不足道的方式。

亚裔艺术家的进步也得益于我们的与众不同和作为一个群体的独特性。作为演员的特权之一就是可以选择想要讲述的故事。当然，我乐于出演与种族和背景完全无关的角色，但选择一些专门写给亚裔美国人的剧本也是我不可推卸的责任。不管是从一个人，还是从一个演员的角度，演亚洲人的角色对于我来说更真实，追求真实和原汁原味本来就是我们的职业宗旨。再说了，如果我不去讲这些故事，还有谁会去讲呢？我们的故事能够也应该由我们自己来讲述。

说到文化遗产，我希望尽自己的能力把我们的声音和故事流传给后代。艺术和媒体一直是记录历史的形式之一，作为移民美国的第二代韩国人，我不希望我们这一群人的历史被遗忘或消失。我们的故事堪称凄美，父母两手空空来到这个国家，从事艰苦的工作，挣扎着克服文化和语言障碍，将我们这些不知道自己是谁、来自哪里的孩子养大成人。

最引人入胜的故事是那些带领我们进入与自己的现实相去甚远的生活和世界的故事，它们让我们见证、倾听、质疑、感受，然后理解。好故事让我们更好奇，更能替他人着想，变得更加仁慈。

我想讲的就是这样的故事，我想留下的也是这样的故事。•

eight

8

无限
蔚蓝

吉奥·庞蒂的

索伦托王子公园酒店

文字

Laura Fowler

摄影

Rich Stapleton

蓝庞蒂瓷砖

庞蒂为酒店设计了30多种不同图案的瓷砖，每个房间铺的花样都不一样。这20平方厘米大小的瓷砖是与萨莱诺的达戈斯蒂诺陶瓷公司（Ceramica D'Agostino）共同生产的。这家公司现在属于弗朗切斯科·德·马约（Francesco de Maio），他在滨海维耶特里（Vietri sul Mare）的工厂还在生产这些瓷砖，名字叫作蓝庞蒂（Blu Ponti）系列。

白色水泥框里是蓝色的正方形。万里无云的天空下，第勒尼安海呈现出深浅不一的蓝，就连与海面相接的陆地——左边色彩柔和的索伦托和右边的维苏威火山，都被蓝色笼罩，俨然一幅印象派画家梦想的画卷。

“无限蔚蓝”（infinite blue）这个概念是建筑师吉奥·庞蒂（Gio Ponti）在20世纪60年代设计王子公园（Parco dei Principi）酒店时的灵感来源。1962年，这所现代主义酒店在古风犹存的海边开业时，为古老的索伦托带来了新鲜感。从外观看，这栋石灰岩悬崖上的现代建筑线条整洁；进到里面，明亮宽敞的空间中只使用了两个颜色——白和蓝。

这家酒店是庞蒂的朋友兼同事罗伯托·费尔南德斯（Roberto Fernandes）委托他设计的。费尔南德斯是那不勒斯人，也是位工程师兼酒店老板。他在索伦托买下了建于18世纪的科尔查科夫别墅（Villa Cortchacow）。这栋别墅的颜色粉得像芭蕾舞鞋，最初属于锡拉丘兹伯爵（Count of Syracuse），然后成了一个俄国王子的产业。为了表兄弟——俄国最后一位沙皇造访，这个王子又开始建造一座仿哥特式城堡，但是没有完工。庞蒂遇到的挑战是怎么设计这座盖了一半的城堡——也许没完工倒是件好事。

吉奥·庞蒂是20世纪中叶最有开拓精神的建筑师之一，拥有很多前瞻性的建筑作品。他喜欢让建筑更透明、更明亮。他设计的钻石形的倍耐力塔（Pirelli tower）高耸在米兰城区；普利亚大区的塔兰托大教堂（Taranto Cathedral）有种空灵之美，像剪纸般精致，被人们称为“帆”。他的曾孙女卡特琳娜·里奇特拉·庞蒂（Caterina Licitra Ponti）对曾祖父的作品赞赏有加：“他喜欢通过设计中的元素创造出小巧的照明空间。”说话时她的眼睛里闪动着热情。

在索伦托，庞蒂跟在塔兰托一样，将城堡坚固的石墙加高，让整座建筑看起来像是挂在悬崖顶上。酒店内部使用白色水泥，留了很多孔，以便光透进来。在走近酒店的过程中，穿过郁郁葱葱的亚热带花园，透过底楼的玻璃地板，蓝色的大海被尽收眼底。

在庞蒂的100多件建筑作品中，这是唯一一家可以让人自由进出的酒店。你可以完全地沉浸在他的艺术作品中，欣赏设计的每一个细节。他不只是一个建筑师，还是室内、家具、工业、汽车设计师，集艺术家、陶艺家、作家和教师于一身。王子公园酒店让他把自己对许多学科的热情融合到了一起，完成了这个现代主义杰作。

“工作是他的爱好，”卡特琳娜说，“他每一刻都在创造。”她的祖母丽莎——庞蒂的女儿——记得，庞蒂每天早上6点醒来，在床上一边喝咖啡，一边画素描、写信，用的是自己设计的一个小托盘。他与朋友和同事们的日常信件都与那些项目极其复杂的细节有关，他经常把想法记到桌布和瓷砖上。

大堂的墙壁上镶嵌着蓝色和白色的玻璃鹅卵石，凉爽光滑的表面将光线的无限层次反射出来，庞蒂说，选择这样的材料，是为了表现它的“亮度和优雅感”，以及“对光与天空的反射”。酒店的地下一层没人，我把脸贴在墙壁上。显然庞蒂的创意不仅是给人看，也是给人触摸的，他的作品也因些吸引人，并给人们带来愉悦。

在明亮的酒店高层，卧室的布置还原了建成时的基本元素。每一个元素都由庞蒂亲自设计，采用中世纪现代风格，并在意大利制造。床、椅子、可以兼作行李架的脚凳、面朝大海的梳妆台……我坐在蓝色梳妆台前面，在光滑的胶木桌面上写下这个故事。

留孔的设计避免了阳光直射，墙壁上蓝色和白色的阴影交错，再加上脚下清凉的瓷砖，这一切让房间自然保持凉爽。在王子公园酒店所有精心设计的细节中，这些瓷砖是最经得住考验的。庞蒂找了不下30种不同的花样，全部是当地海洋的深蓝色、浅蓝色和白色，有些是几何形状，有些具有象征性，代表月亮、星星和树叶。酒店的96间客房中，每间房配置的瓷砖都不一样。

庞蒂在做这些瓷砖时感慨道：“我一直在想艺术的无限可能性，在一个20厘米 × 20厘米的正方形里，多少个世纪以来人们已经创造出无穷的花样，但永远有新花样的空间……没有一个设计是最后的设计。”这里，无限蔚蓝的概念再次出现。“他的梦想是留下永恒的标记，就像大海和天空那永远的蔚蓝一样。”卡特琳娜说。

我站在阳台上，瓷砖是斜条纹的。我望向无边的蓝色，直到目光尽头。下面，一艘帆船横渡海湾，尾波呈一条直直的白线穿过水面。在我上方，一只海鸥盘旋片刻，转身飞向天空。生于风中，如空气般轻盈。吉奥 · 庞蒂无处不在。•

nine

9

建筑五金

范克龙堡铸造厂

文字
Ollie Horne

摄影
Rich Stapleton

徽标

伊尔斯 · 克劳福德会读塔罗牌，能识别每张卡牌的象征意义。范克龙堡的徽标，无穷大符号与S形曲线相交，是从塔罗牌里产生的。它表示对立的平衡，对应的格言是“如上，如故”。“这是普世原则，”伊尔斯说，“我们向以前所有伟大的工匠致敬，他们的精神通过这些作品进入物质世界。”

“这是一个水龙头。这个翅膀展开的‘猫头鹰’会穿过这堵墙。在墙的另一边，喷出来的水是螺旋形的。我们先画图纸，再用3D打印机打出模型，然后铸成铜五金件，最后手工凿出羽毛的细节。”

我站在比利时根特市最古老的铸造厂的车辆入口处，这里的历史可追溯至1802年。它也是市内最后一家铸造厂。介绍“猫头鹰”五金的是彼得 · 范克龙堡（Peter van Cronenburg），建筑五金专家兼范克龙堡的联合创始人。这个品牌就像一个被严守的秘密，因其或经典或简单或古怪或华丽的制作精良的产品，在业界享有极高声誉。多少业界知名设计师指名定制他们的镀铜门把手、插销、手柄和门闩。一定要列出一些名字的话，名单上有文森特 · 范杜伊森（Vincent van Duysen）、伊尔斯 · 克劳福德（Ilse Crawford）、 罗丝 · 尤尼克（Rose Uniacke）和肯 · 福克（Ken Fulk）。在范克龙堡和他的妻子蕾金 · 伊弗格诺（Régine Yvergneaux）的共同经营下，加上20来位技工师傅的辛勤工作，任何五金件——传统的门把手也好，专门定制的单品也好——都会经过锻造、锉削、凿削和抛光等几道工序后出厂。这个铸造厂可以同时进行100多个单品的生产，订单来自世界各地，从单件到一户住宅所有的五金件，甚至可以是纽约苏活区一栋19世纪大厦的外墙翻修工程所需的所有五金件。

我必须承认，直到最近我才开始了解什么叫建筑五金，而我对门把手更是一点儿研究都没有。我卧室门上的把手早就不见了，每次开关门，都得用手指戳进那个木头孔里。所以，现在开始学习这些知识，对我很有必要，也很有益。

放下“猫头鹰”，范克龙堡把我的注意力吸引到大门里阴凉的走廊上，他粉红色的脸颊上挂着微笑，眼睛在圆眼镜后面闪闪发光。我的眼睛渐渐地适应了室内光线，看到了装饰艺术风格——线条简洁的铜钥匙和新艺术风格的铜花朵。克雷蒙斯锁被华丽的花叶装饰着，配有深奥复杂的内部构造；边上的另一个门把手是坐着的女人形状，她的双腿弯曲如美人鱼；另一个门把手是一条盘绕的蛇形，每一圈蛇身的间隙正好能放进我的手指。

这里陈列的最吸引人的把手，是最低调的那个：近似椭圆形的泪滴，光滑的表面没有任何修饰，在黑暗中呈现迷人的铜绿色，那颜色深不见底，令人不由自主地联想到海洋。就是这样的部件，让新罕布什尔州的赫克菲尔德广场（Heckfield Place）和安特卫普的格兰马克13号（Graanmarkt 13）公寓熠熠生辉。

我的注意力被走廊尽头笨重而有节奏的声音吸引，跟着范克龙堡循声而去，看到技师们正在轰隆隆的机器前弯下腰，聚精会神地干着活儿。一个人在飞速转动的圆筒上磨一块金属，另一个在皮带带动的砂纸上磨一块铜，还有一个在用一把虎头钳仔细地凿着一个闪闪发光的把手。

我竖起耳朵，听着范克龙堡在这一片喧嚣中与大家的对话。根据我的调查，范克龙堡的职业生涯与众不同，但又和其他人的经历一样符合逻辑，只不

图中的物品

这个钥匙形的门把手本来是一对，是16世纪威尼斯文艺复兴时期的作品。这是范克龙堡收藏的两个最古老的作品之一。

过这逻辑要在事后才会看清楚。范克龙堡80年代初是做橱柜生意的，但是橱柜五金件的质量总是达不到要求。于是，从1995年开始，他频繁光顾铸造厂，自己定做五金件。2008年，铸造厂要卖，他想了一夜，决定买下来。“我从来没想过要接手这个铸造厂，我本来是个木工！但是有其他人想买，我意识到这些年来我们收集的模具和厂里200多年来留下的所有模具都要易手。我没法儿袖手旁观。”

范克龙堡收藏的五金件现在已有几千种，在欧洲首屈一指，还在随着新设计和古董的收购不断增加。虽然大部分藏品出自欧洲，但他和妻子的收集并没有太多限制，世界上所有时期、所有地区的作品都会被考虑。“只要做得好，我就买。”范克龙堡说。

车间后面的两个房间专门用来存放这些收藏。我跟着范克龙堡的脚步扎进密集摆放的架子间隙中，眼前是无数金光闪闪的黄铜五金件。这让我联想起祖父在花园里的棚子（我记得总共有11个之多），他也爱囤东西。走着走着，突然看见一个小巧的大理石门把手，旁边是一把18世纪的钥匙，带有一个防盗折叠刀。所有这些都很快会被搬到根特郊区，那里在建造一个大型的铸造厂。那是公司的新总部，锻造和手工活在那里被集中在一起，所有的收藏也能全部陈列在一起。

然而，这些收藏不仅仅是发烧友的爱好，还有实际用途。客户可以定制这些古董的复制品。技师们通过扫描和3D打印，创建连续砂模和脱蜡铸模。铸模一完成，就要打磨和抛光去除铸缝。最后，还要做旧，把新鲜的黄铜色变成暗淡却迷人的古铜色，这是范克龙堡五金件最重要的一个环节。

这个过程的最后阶段——打磨再泡进一种特别的、有气味的液体中，是最关键也最保密的环节。“这个秘方已经传承了好几百年，”范克龙堡说，“我最初作为客户来到厂里，知道用哪些材料，但永远弄不出最合适的古铜色，不是颜色太深就是太暗。直到接管铸造厂的那一天，以前的老板才终于告诉了我这个秘密。”范克龙堡停在那里，把这神秘的秘方留在了笑容里。

“这还不算完。”他继续说道，“随着时间的推移，把手用的次数越来越多，上面的铜绿就会被磨损掉，露出下面的黄色。真实的颜色比黄色更柔和，所有的老房子都有这样的把手。通过这些把手，你能看到房屋主人的手留下的印迹，他们最常进哪个房间。通过这些你可以还原他们的生活片段。”•

ten

10

普罗旺斯
纪事

维梅工作室的
柳条编织艺术

文字

Charlie Lee-Potter

摄影

Genevieve Lutkin

维梅工作室（Atelier Vime）是一栋普罗旺斯式住宅，始建于1730年。它正式而又保守的外观，倒是跟它前任主人的律师身份很相配。但是只要打开沉重的前门，一股活泼优雅的气息就扑面而来。房子里有18世纪的油画、完美细腻的瓷器、韦恩·佩特（Wayne Pate）的无花果树壁画、老家具、20世纪的古董、配色高级的墙壁，以及大量的柳条编织艺术品。

维梅工作室由贝诺伊特·罗兹（Benoit Rauzy）和安东尼·沃森（Anthony Watson）合伙创建，旨在展示这里的柳条编织历史。罗兹说："五年前买这房子的时候，我担心这里会变成一个没有生命和活力的乡间别墅。然后我们自己设计装修，把水泥地打掉，露出下面18世纪的石头地板。打下来的碎水泥堆得比我们还高。但我还是担心它像是有钱人的乡间别墅。"他们考虑过把它变成艺术工作室，但是后来发现19世纪这里曾经是柳条编织车间，旋即决定还原那段历史。"对柳树的利用和加工并不是什么新生事物。"罗兹笑着说，"我们想还原普罗旺斯式的生活方式，真的把这里变成一个柳条编织工作室。对于我们和参观的人来说，真实的还原很重要。"

这个故事本身就很有力量，罗兹和沃森对此一再强调。这栋漂亮的房子是历史的一部分，这让他们感到开心。"装修房子时，很容易丢掉它原本的气氛。""就像结婚前列一个所需物品清单时，你没法儿把过日子需要的东西都准备出来。你需要时间去了解一栋房子和它的过去，了解夜幕降临的时候屋子里光线的变化，你想坐在哪里看日落。这是你与房子对话的过程，日子不断过下去，但每天都不一样。我们坚信，自然才是最后的奢侈品，没有鲜花和蜜蜂，就算拎着名牌包人们也会感到乏味。我们村子里的柳条编织传统是跟随19世纪铁路的到来一起出现的，这样当地水果蔬菜可以远距离运输，并且保持新鲜。一夜之间，每个人都需要柳条筐来运送收获的果实。那时候，一家子一家子的人搬进村子里，用柳条编出一个小房子住进去，再编柳条筐挣钱，等旺季过去后，又踏上旅程。我们只是想还原那个时代的传统和精神而已。"

凡纳利节(Festival de la Vannerie)
瓦拉布雷格斯(Vallabrègues)是维梅工作室所在的村子，每年都举办编织节。当地人在自家门口展示自己编的工艺品，来自法国各地甚至欧洲的编织爱好者齐聚一堂，欣赏这里的传统手工艺术。

罗兹是专业的环保咨询师，很喜欢柳条这种环保材料，而沃森是个造型师。“我们销售自己设计的柳条产品，还有一些古董。”他说，“家具和灯具由我们和朋友拉斐尔·汉利（Raphaëlle Hanley）共同设计完成，但对这些设计负全责的是我和沃森，我们就像它们的两个爸爸一样。”他笑，“我们还和知名香氛品牌蒂普提克（Diptyque）合作，在它们的零售店里销售我们设计的巨眼形状的镜子，其‘睫毛’用柳条编织。”

所有的好故事都有精彩情节，维梅工作室的意外情节是布列塔尼。沃森说：“我们刚刚在贝诺伊特家的地里种了2000棵柳树，普罗旺斯太干燥，长不了柳树。布列塔尼的园艺师盖尔一直在帮助我们。他特别开心，因为他的父亲曾经是一位柳条编织艺术家。”沃森用手机给我看了一个视频，是他们三个人正把第一株柳树种进地里。“那真是幸运的一天，我的生日，”罗兹兴高采烈地说，“不管做什么，我们都坚持自己的原则。”“我们的柳树是有机的，种植的方式也很讲究。”罗兹忠于他的信念，认为时间是所有事情的关键，他们正在慢慢地翻新布列塔尼的农舍。“那房子到处都是我已故父亲的影子，我不想让它受到打扰。”罗兹说。

维梅工作室也有过去的影子。花园里有石头堆砌的痕迹，那曾是一个池子，用来浸泡柳条，让它变柔软。墙上保留了很多原来的墙纸和油漆，剥落的纹理是几代人触摸过的痕迹。房子里新刷的颜色都是手工调制的。调色师艾丽丝·奥里耶（Elise Orrier）成功地完成了做旧的工艺。“她在屋里的一个大盆里，把那些颜料一点一点地混在一起。”沃森说，“我们看着颜色逐渐变化，一旦到了最合适的颜色，我们就大喊‘停！’。颜料刚涂在墙上的时候，这房子里难闻的味道持续了三个星期！”

要走的时候，罗兹指着椅子上一个长方形的漂亮篮子说道：“这是我们设计的，灵感来源是一幅监狱里的玛丽·安托瓦内特（Marie Antoinette）画中的篮子。”用这个篮子来比喻维梅工作室再合适不过了，他们让18世纪的历史在今天获得了重生。•

贝诺伊特·罗兹 —— 你需要时间去了解一栋房子和它的过去，了解夜幕降临的时候屋子里光线的变化，你想坐在哪里看日落。这是你与房子对话的过程，日子不断过下去，但每天都不一样。

eleven

11

于英美

设计男装的女人们

文字

Alice Cavanagh

摄影

Frederik Vercruysse

2019年6月，于英美（Wooyoungmi）的创意总监钟凯蒂（Katie Chung）为即将到来的2020年春季时装发布做准备。这将是33岁的钟凯蒂独立设计的第四个产品线，此外，她已经和品牌创始人于英美——她的母亲，共同担任设计总监两年了。她显然已经胸有成竹：产品准备已就绪，拍摄已开始，每天都可以按时下班。我对她工作室里井井有条的气氛赞赏有加，她说："我尽量不搞得一惊一乍的。"

凯蒂不是生来就爱时尚设计，母亲开始创业时她才2岁，当时创办的是男装品牌Solid Homme。等到母亲在巴黎时装周上推出于英美这个品牌时，凯蒂只有16岁。"进入时尚界不是我的选择，"她笑着说，"这只是上天给的礼物。"

毫无疑问，母亲作为韩国最著名的男装设计师，对凯蒂的事业多有助益，但凯蒂也在于英美品牌上增添了自己的印记。她有一种独特的随意感，设计充满色彩和印花，表现出强烈的浪漫主义。她说如果自己是男人，一定会设计自己想穿的衣服。事实上，即使不是男人，她也会穿自己设计的衣服。我们见面的时候，她就穿着自己品牌的衣服。与此同时，她母亲的设计充满了理想主义。这样两个人并肩工作，常常会因为代沟而气氛紧张。"她给我尝试的机会，给我很大的自由，但是如果我太离谱，她会说出来。"凯蒂说，"这样的话，我会稍微收敛一点儿。"

这两者的结合，就产生了剪裁完美、关注细节，以及灵活的性别意识的风格，让品牌立于不败之地。"在韩国，男性的体格和女性的差异不大，韩国男人好看与否不取决于他的男子气概。可能也是这个原因，我们的衣服也有很多女顾客喜欢。"虽然这个品牌已经很有中性气质，凯蒂还是计划在2019年末推出女装系列。

人们一直在强调于英美，或者于女士，作为男装设计师的特殊之处。但有一点毋庸置疑，很长一段时间里，她真的是韩国唯一设计男装的女性。然而，30年前的韩国与今天打造文化产业强国的韩国不能同日而语。于英美的职业轨迹几乎和1988年奥林匹克运动会平行，那是韩国多方位向世界开放的开始，随后出现了"韩流"，包括韩国流行音乐、电视剧、美容业在国际上的兴起。当然，也少不了韩国时尚业。

尽管从小就受到国际影响，凯蒂依然认为韩国软实力外交带来的积极变化对她的事业有推动作用。"我的家人很有艺术气质，很开放，我完全没有文化隔绝的问题。"而且她从小就陪母亲去欧洲出差，高中毕业后又去伦敦中央圣马丁学院（Central Saint Martins）学习女装设计，这些经历都对她帮助很大。她对自己的学长亚历山大·麦昆（Alexander McQueen）和约翰·加利亚诺（John Galliano）推崇备至。

以自己的方式继承母亲的事业，对凯蒂意义重大。她说："我希望能延续母亲的成就，那是我们全家人的梦想。"•

钟凯蒂——在韩国，男性的体格和女性的差异不大，韩国男人好看与否不取决于他的男子气概。可能也是这个原因，我们的衣服也有很多女顾客喜欢。

twelve

12

永不过时

凯特尔之家

秋季时装展示

摄影

Rich Stapleton

造型

Ruth Higginbotham

妆发

Helena Kastensson 使用 Oribe 和 MAC 化妆品

模特

Samira, Linden Staub 模特公司

场地

凯特尔之家

←　针织大氅 Joseph

→　棉质长裙 Rejina Pyo

↓ 棉质长衫 Jil Sander

↓ ← Polo 领毛衣、皮裤和连帽大衣 Hermès

→ 西装夹克、半裙、雪纺高领衫 The Row

↓ 连衣裙 The Row
围巾 Loewe

⟵ 羊毛外套 Jil Sander

thirteen

13

世代设计

亚历克斯·伊格尔和

凯瑟琳·艾伦-巴克利

文字

Yelena Moskovich

摄影

Yuvali Theis

由亚历克斯·伊格尔（Alex Eagle）任创意总监兼创始人，她的母亲凯瑟琳·艾伦-巴克利（Catharine Alen-Buckley）任董事的公司，经营着几家奢侈品概念店：亚历克斯·伊格尔工作室，以及位于伦敦、牛津和柏林的X买手店。她们的品牌——包括伊格尔的同名品牌服装——理念是，高质量和经得住时间考验的服装才是最好的生活品质保障。《谷物》在伦敦苏活区（Soho）采访了伊格尔和艾伦-巴克利，采访地点是伊格尔家的复式公寓，她与丈夫和孩子生活在这里。

您的家将私人空间、工作、生活和社交结合得很好。为什么喜欢这种多功能的空间？

伊格尔：我热爱的工作和生活是相互交融的。比如，这房子是开放格局，我在这里开工作会议，跟家人共度美好时光。这里还收藏有艺术品、各种小东西和我珍爱的家具，而我的店里陈列的也是类似的东西。其实走进列克星敦街的店里，就有点儿像走进这里。那里卖的很多东西都是从这里送过去的，比如那个威尼斯玻璃杯，还有那把羊皮椅子。

这种融合性在伊格尔服装上也有体现吗？

伊格尔：我记得小时候打开妈妈的衣柜，可以看到数不清的衣服。其实按照今天的标准，记忆中的并不算多。那时候人们衣柜里的东西和今天的相比少多了，一直穿同一件衣服，或者穿别人留下来的衣服也很正常。

艾伦-巴克利：最关键的是质量，而不是流行。面料要用最好的，做工一定要精湛——这是反时尚的做法。我们的逻辑是，不紧跟时尚，也就永远不会落伍。

伊格尔：所以买我们的衣服是一种投资，你会一直喜欢它，一直穿下去，穿一辈子，还能传给孩子穿。

有没有年轻一代传递给老一代的可能？你们试过吗？

伊格尔：当然试过，我丈夫给我买过一条古驰和川久保玲合作的真丝围巾，很像爱马仕的丝绸方巾，图案非常大胆前卫。我后来送给了奶奶，非常适合她。

这打破了关于“年龄”的规则。特别是作为女性，可能经常觉得某些衣服“太年轻”或“太老气”。最后，好像永远没有“正好”的年龄。

伊格尔服装

亚历克斯·伊格尔和她的母亲凯瑟琳·艾伦-巴克利，身着伊格尔系列定制套装。

亚历克斯·伊格尔在苏活区的家，这套复式公寓是个完全开放的空间，占地约400平方米，一览无余。

艾伦-巴克利：没错。人们往往觉得穿什么都要追求女人味。但如果你是女人，就自然有女人味，不需要证明给别人看。穿衣风格只是你享受自己女人味的方式而已。

想象自己想要的样子，这具有非常强大的力量。正如亚历克斯·伊格尔工作室的理念，说到底，购物是一种启发自己的方式。

伊格尔：我们购的不是物，而是寻找灵感。所以我们的店设计成家里的生活场景，再小的东西也能激发灵感。你不一定要买一把简·普鲁威（Jean Prouvé）的安东尼沙发床（Antony daybed）才能找到灵感，你可以买一个杯子，甚至什么都不买。不一定要花钱，重要的是来到这个空间，感到完全放松，然后就有了灵感。如果你离开时只带了一盒火柴，那都是由卢克·爱德华·霍尔（Luke Edward Hall）设计的火柴。

艾伦-巴克利：这是一个关于生命力的问题。我记得我妈妈总是说："不要退休，要保持生活乐趣，继续工作。"与周围的世界保持互动，对事情有自己的见解、努力和想象力，这很重要。

不过，您说的"生命力"，人们经常不明白，或者觉得很陌生。

艾伦-巴克利：特别是在如今衣服被严重浪费的情况下。这是一个永无止境的循环，正在毁灭地球与环境。

伊格尔：而且这种浪费又有什么意义？就为了能多买些东西？

尤其是现在，越来越多的人试图通过攒更多的东西来找到存在感。

伊格尔：这是一种瘾。很多人现在想买的，甚至不是这一季的衣服，而是下一季的。等到那些衣服在商店里上架时，已经算是旧衣服了。但是有年头和有来历的衣服所表现出来的优雅和精致，可以超越时尚。

艾伦-巴克利：在我们内心深处，想要的是永恒、持久的东西。无论是衣服的剪裁，还是房子的格局，都是这样。我算是个极简主义者，夏克风格（Shaker style）就很合我的口味。它的家具不碍事，也不会坏，能留下思考的空间，让人放松。乔治亚风格的房间和教堂也是很好的设计，比例均衡，创造出一种平静感，让人专注，而不会让人觉得杂乱。

伊格尔：这有点儿像你的经典西装，穿上它你会觉得自己又自在又聪明，成了最真实的自己。我20多岁的时候，公司发展很快，我一直在旅行，与时尚界各种首席执行官和负责人开会，我的经典西装给了我轻松和安心的感觉。

艾伦-巴克利：这甚至与衣服本身无关，而是穿上它可以带来喜悦。这样的物品、房子和衣服，都可以改善生活质量。

伊格尔：真正的奢侈是给自己和家人留出时间，并做自己喜欢的事。买东西都是为了这个目的服务的，买对的东西，你就为无价的生命省下了时间。•

Henri Cartier-Bresson Europeans
Hayward Gallery

下午 **Max Lamb × Leach陶器**

Permanent Collection

摄影：Ash James

fourteen

14

丹尼尔宫

延续祖先的

传统

文字

Libby Borton

摄影

Ash James

藏在意大利普利亚大区萨兰托山脚下的加利亚诺德尔卡波（Gagliano del Capo），是一个安静的小镇。今天，它被一场不期而至的倾盆大雨浇得湿透。我躲进丹尼尔宫（Palazzo Daniele）的拱门里，柔和的光线下，蜜糖色的石头建筑散发出凉爽的气息。橙色花园里种满了迷迭香，咖啡亭的滴水檐下落满了躲雨的燕子。一反常态，它们今天格外安静，衬得基耶萨·德·圣罗科教堂（Chiesa de San Rocco）的钟声愈加响亮了。我身边是入口处黄色的霓虹灯，

2015年，当弗朗切斯科·佩特鲁奇继承祖先的产业时，房间里都是五代人用过的家具和藏品，墙上是暗色的壁纸和壁画。他用了两年时间，将这里修整成了一家有9间套房的酒店。

上面写着“Questa casa non è un albergo”。我很想知道这是什么意思，却还没来得及问。

弗朗切斯科·佩特鲁奇（Francesco Petrucci），丹尼尔宫的主人和丹尼尔家族的最新一代传人，亲自来迎接我。他指着那些壁画、拱形天花板和瓷砖，看着它们，像我们这些参观者一样脸上满是崇敬之情。

这所宫殿建于1861年，是当时贵族丹尼尔家族的宅院。对佩特鲁奇来说，这里承载着他童年时来看奶奶的记忆。成年后他和姑姑一起住在这里，享受安静、缓慢的生活。后来，他开始“带人来玩，聚会，听音乐，交朋友”。他回忆道：“我在这里举办的第一个聚会是在院子里，那时我才意识到，这个房子也可以很热闹。”

五年前，佩特鲁奇继承了丹尼尔宫，以及家族五代人用过的家具和收藏。然而，当时的天花板上横着中世纪的电缆，20世纪初隔出来的墙将宽敞的房间一分为二。“普利亚是一个充满田园风光的地方，有石头房子、橄榄树、红色的大地和蓝色的大海，”佩特鲁奇说，“可是这里却是深色的墙纸、壁画和让人感到沉重的装修风格。”

经过两年的修复，佩特鲁奇成功地将丹尼尔宫改造成酒店。9个套房各个都在现代与古典之间找到了微妙的平衡，每个房间里的装饰都兼具艺术气息和实用性，比如西蒙·德埃塞阿（Simon d'Exéa）的灯具，皇家高级套房里安德里亚·萨拉（Andrea Sala）设计的6米高的淋浴间。房间里和走廊上铺着各种花样的瓷砖，墙上修复的壁画讲的是普利亚地区大地和海洋的故事。外墙经过多次粉刷，有着丰富的渐变色彩。虽然经过这样大规模的整修，佩特鲁奇的印记却只在艺术品和灯光设计上才看得出。“对我来说，柔和丰富的光线比什么都重要。”

他的用心如此巧妙，我不禁莞尔一笑。有一幅画上鲜明的线条几乎和灯的阴影完全呼应，而另一幅则将它的影子恰到好处地投在墙上。两扇门之间的小天花板上，沙漏形状的影子纵横交错。佩特鲁奇说：“我对细节很痴迷，大脑可能分析不出这些形状和图案，但眼睛一个也不会漏掉。”

丹尼尔宫轻松地实现了这种视觉效果。不经意间，历史呈现在各种小细节中：石板路上藏着一扇活板门，废弃的石磨旁边，石头砌出来的小菜园里种满了细香葱、罗勒、薄荷和百里香。

在好朋友和设计师卢多维卡·塞拉菲尼（Ludovica Serafini）的帮助下，佩特鲁奇于2018年4月完成了翻新工程。接着他问另一个朋友，一位专业的酒店管理者加布里埃勒·萨利尼（Gabriele Salini），愿不愿意接手他的酒店的管理。“我们认识很多年了，都爱好艺术和设计。所以，现在我可以单纯地做一个开心的客人了。”

离开之前，我想问一下“Questa casa non è un albergo”到底是什么意思。得到的答复是，在意大利，这是一句母亲经常对孩子说的话：这儿不是酒店。我完全同意，这儿远不止是家酒店。•

文字
Richard Aslan

于是，我问他
我们只能放弃吗？
一切都完蛋了？
是的，他说
（他这样的年龄
你懂的
喜欢语出惊人）
那么，接下来怎么办？ 我问他
（我的不安让他很有成就感）
他说，去另一个星球
我们已经把这个毁了

窗外：
乌云
被云后的阳光
勾出一条黑线
不知何故
蓝色的天空下
燕子们
在盘旋鸣叫

你要是找到了
就告诉我
我对他说（带着一脸微笑）
我个人
很喜欢这颗星球（他惹我生气了
他知道）
已经找到了，他宣布：

*Tau Ceti-e**
Kapteyn-b
*Gliese 682-c**
*Teegarden-b**
Kepler 283-e

他看着星球名单
开始按顺序一一地检查：
这个是黄色的，这个上面全是石头，这个布满灰尘
那个太小 / 太大 / 太热 / 太冷
太干，太远
（一半的星球都太远了，我想）
其中一个——只有一个——是蓝色的
是开普勒感兴趣的星球
编号 KOI-571.05
海洋星球

耐克鞋里我的脚趾扭动
深深地抓住地面
脚下的圆形地面有三层
一层一层往下
里面灌满了水泥
线路，以及人们的
失望
我的手指往下
穿过表层的土壤
摸到植物的根
在细小的菌丝之间
徘徊

我记得那些星期天
（星期一也一样，一定要备注的话）
俯卧在地上
长长的草丛中
烈日
烤着我的脖子

我看蚂蚁
忙着工作
虫子在爬
我把手指抠进去
里面凉爽
又潮湿

好，我说
（粗暴地）
下一个任务：去那颗星球上
到目前为止
我们只送了有数的几个
到月球上
但那是很久以前的事
现在连飞船
都没有了

他没有回答
也许
他仰面朝天
躺着
正梦见
星际飞船

fifteen

15

奇利达 勒库

寻找光明

文字
Alice Cavanagh

摄影
Rory Gardiner

谈到艺术遗产，有一个特别的问题：除了集体记忆和历史书籍，我们的博物馆和政府能够保证伟大的艺术品不受流行、市场和城市变迁的影响吗？20世纪后期的巴斯克（Basque）艺术家爱德华多·奇利达（Eduardo Chillida）的雕塑作品在世界各地公共场所都能看到。他对这个问题的回答是：艺术家本人要对此负起责任。

1983年，奇利达和青年时代结识的妻子皮拉尔·贝尔祖斯（Pilar Belzunce）买下一栋16世纪的农舍。房子坐落在他的家乡圣塞瓦斯蒂安（San Sebastián）埃尔纳尼（Hernani）小镇郊外的山顶上，周围都是公园。15年间，他在本地建

A.

B.

筑师华金·蒙特罗（Joaquín Montero）的帮助下整修了房子，建起石雕工作室，在这里存放和展示作品。他把这个地方命名为奇利达勒库（Chillida Leku），“勒库”（leku）在巴斯克语里是“地方”的意思，在这个瞬息万变的世界里，这个词令人浮想联翩。

奇利达去世前两年，他和贝尔祖斯的雕塑公园于2000年向公众开放。2011年，博物馆因为资金问题被迫缩减开放时间，只允许预约访问。现在，在瑞士豪瑟沃斯画廊（Hauser & Wirth）的资助下，博物馆已经重新正常开放。此处青山环绕，是展示艺术作品的完美场地。博物馆总共有40件奇利达的藏品，包括《向布拉克致敬》（*Homenaje a Braque*），以及他的著名作品《寻找光明》（*Buscando la Luz*）的早期版本——那是一个已经氧化的巨型波浪铁漏斗，完全按照艺术家的意图安置。“我父亲从未谈论过作品的大小，”奇利达的长子路易斯·奇利达（Luis Chillida）说，“他总是说：‘大小有什么关系？’”

奇利达于1924年出生在圣塞瓦斯蒂安，从小喜欢体育，是当地职业橄榄球队的门将。在转学到马德里的贝拉斯艺术中心（Círculo de Bellas Artes）学习绘画之前，他学过建筑。1948年，他获得奖学金前往巴黎国际城市大学，在法国

A.
巨型雕塑结XXXII（*Lotura XXXII*），锻钢。奇利达一直等到作品表面生锈，覆上一层红色，才宣布作品完成。

B.
寻找光明I（*Buscando la Luz I*）的波浪形状，它包括三块不对称钢板，观众在围着它转的时候，虚和实之间形成强烈对比。

C.
石头IV（*Harri IV*）的作品细节，由一整块粉红色花岗岩雕刻而成。

首都开始了雕刻生涯。他早期的现代主义作品以人体雕塑为主，很快引起关注。他后期的作品比早期的要抽象得多，也更受瞩目。这些早期作品被著名画廊商人艾米·梅格（Aimé Maeght）购买，从此两人开始了长达30年的合作。梅格还收藏和经营亚历山大·考尔德（Alexander Calder）、胡安·米罗（Joan Miró）、阿尔贝托·贾科梅蒂（Alberto Giacometti）的作品。

几年后，奇利达想回西班牙，远离巴黎和古典主义的影响。“他喜欢这里的光，比巴黎的要暗。”路易斯说，“那时候他开始用不同的原料。”铁、木、钢、花岗岩和雪花石膏都用过。奇利达一生都在画素描，以此来对自己的作品进行

C.

细节上的改进。他爱画手，尤其是自己的手，非常擅于用铅笔。“他喜欢挑战绘画手法和工具，于是开始用左手绘画。这给了他更多时间思考，让他开发各种感官能力。”路易斯说。

奇利达作品的变迁跟这种自发性息息相关。“我父亲总喜欢不做计划就开工，他经常说：‘要是已经知道作品长什么样，那一定是以前完成过的作品。’”奇利达从不复制作品，也不用模具，而是在一个灵感的基础上衍生出一个系列，他称之为意会。每一个作品都使用相同的标题，用罗马数字编号来做区分。

路易斯回忆说，有一次他父亲确实尝试过做一个作品的复制版本。那是1957年，奇利达在他职业生涯的早期，在巴黎梅格画廊举行了展览。“他看到展览时，对我妈妈说：‘皮利（他给她起的小名），这简直像是个鞋店。’”路易斯大笑。这次尝试也促使奇利达寻找新的方法和技术，来得到更多观众认可。他找到了答案：在公共场所展示作品。“这样，作品就不属于某一个人，而是属于每个人了。”

从那时起，他的作品大多展示在特定的场所，环境因素对创作的影响越来越

大，并成为创作的一部分。空气深处（*Lo Profundo es el Aire*）系列将未切割的原始石材放置在透光、通风、光滑的建筑空间中。在奇利达勒库，另一作品与其创意相通，它用粉红色的花岗岩雕刻而成——其实这位艺术家最初的想法是用雪花石膏，因为它可以使观赏者从不同的角度看到意想不到的视觉效果。

风之梳（*Peine del Viento*）这件作品展示了大自然的鬼斧之功，它位于圣塞瓦斯蒂安的拉孔查湾（La Concha Bay）西边，是一组嵌进岩石的钢爪，日复一日，它经历着海浪的冲刷，还有阳光、盐和风的不断洗礼。（这件作品被列入当地地方政府保护项目，还将被申请列入联合国教科文组织世界文化遗产名录。）

风之梳于1964年开始策划，当时地方议会希望奇利达在此举办一次展览。虽然奇利达国际知名度很高，镇上却很少有人知道他。他说："我很感激他们的好意，但是我想做点新东西，人们都理解不了的东西。"最终这件作品花了13年的时间完成。"我父亲总是说：'要花多久？那得看我需要多久。'他从不赶时间。"•

路易斯，奇利达的长子——我父亲总喜欢不做计划就开工，他经常说："要是已经知道作品长什么样，那一定是以前完成过的作品。"

sixteen

16

严肃的
艺术品交易站

参观

圣达菲船石画廊

文字

Leigh Patterson

摄影

Matthew Johnson

质疑我们认为我们已知的，是策展人的责任。船石画廊希望观众摒弃对美洲印第安艺术的固有印象。

约翰·伯杰（John Berger）写道："我们看到和知道的东西之间永远存在差异。"今天在新墨西哥州的圣达菲市，我在一个叫作船石（Shiprock）的小画廊里散步时，想到了这句话。

我看到的是：纳瓦霍（Navajo）手镯上镶嵌着圆形的绿松石；霍皮（Hopi）第五代陶艺传人德克夏·阔孜库瓦（Dextra Quotskuyva）制作的现代风格陶瓶；日本奢侈品牌维斯维姆（Visvim）的泥染和服；大约1880年制成的纳瓦霍人的黄条纹襁褓；包着浅黄色软皮的杏色伊姆斯椅；木头和豪猪毛做的烟斗。

我知道的是：圣达菲船石画廊由杰德·福茨（Jed Foutz）创建。他在新墨西哥州北部的纳瓦霍人保留地长大，是第五代纳瓦霍交易中心传人。船石经营当代和古老的美国印第安艺术品，希望把纳瓦霍人的传统、手工艺、地理环境和时代背景有机地结合。

福茨的祖上于19世纪70年代来这里定居，他的父亲从20世纪50年代开始经营原来的船石交易站。1989年，福茨从父亲手上买下船石。交易站是一个贸易枢纽，无数的印第安手艺人在这里把自己的艺术品卖给保护区外的商人。全盛时期，这里的摊位多得像蜂巢一样，成群的银匠、织工、画家和雕刻家出没，一幅热闹的场面。

年轻的杰德·福茨是个精明的孩子，很小就会做生意挣钱，给自己买糖果。14岁时，他开始卖衣服，高中几年一直都有副业。在大学他选了亚洲和日本研究专业，第一次去日本时，他仿佛故地重游。那种作为一名局外人，感受深厚的传统文化的感觉在他的家乡也有。大学毕业后他的生意才能、与手工艺者交流的能力，让他崭露头角。他开始和拉尔夫·劳伦（Ralph Lauren）等品牌合作，将美洲印第安人的珠宝和织物卖给他们。

25岁那年，从父亲手里买下船石以后，他又在新墨西哥州买下了两个类似的交易站。但这是一步错棋，因为这个产业日渐消亡，印第安人和外界的交易已经不需要中间人了。于是福茨搬到了新墨西哥州首府，放弃了旧的商业模式，开了这间画廊，以发展的眼光来经营印第安人的工艺品。慢慢地，业务开始有了新进展。他用纳瓦霍织物配上现代艺术，或者把30年代的法式台灯配上普韦布洛的土雕底座。这种自由发挥让他非常开心。他说："这儿每天都有令人惊喜的创意，这是工作中最美好的事。"

我和福茨在一个夏日的下午见面，他穿着褪色的Shibori（一种靛蓝染色技术）和服式西装，搭配牛仔裤和皮靴。手打的银手镯在袖子下闪闪发光。我们在一张中岛工作台两边坐下，墙上装饰着质朴的瓦楞陶瓷和色彩丰富的纳瓦霍织物。他彬彬有礼，天生健谈，将自己的成功归功于相信直觉和有点儿运气。谈话中电话响起，他不停地道歉。我们聊了一小时后，他才告诉我今天是他的生日，他55岁了。

船石的店面陈列舒缓、宽敞、用心，它的成功很大程度上是因为特殊的文化身份、全球旅游业的发展和国际联结，福茨对由此带来的责任也有敏锐的意识。实用手工艺与纯艺术的价值能否相提并论，这样的辩论由来已久。印第安艺术既难以被专业艺术机构收藏，也缺乏专门针对这些艺术门类的媒体。船石很重视自己的形象，定位严肃。圣达菲市中心的广场上，到处都是游客，他们忙着试绿松石戒指，体验美国西南部的沙漠风情。船石能够在这里自成一派，让想要传承印第安文化和想要摆脱文化标签的艺术家都来到这里，是有它的理由的。

以前，策展人需要解释展出的艺术品，并介绍它们的背景。如今，艺术家们都有表达的平台，自己决定如何介绍自己，而策展人的责任就变成了让观众对自己的认知进行质疑。船石希望来访者放弃固有的思维方式，特别是不要将美洲印第安艺术标签化。即使是当你处于尊重某一地区艺术、传统亚文化艺术和身份的前提下，也有可能因为标签化，实际上进一步孤立了他们。福茨说他听到顾客最多的反馈，是他们无法想象纳瓦霍人不在“传统的土坯房里”工作。他很少公开参加类似的辩论，只是指出船石的优势在于展厅的布置和视觉效果的转换，这样能为艺术品找到一个优雅的视角。他明白艺术不只是用来看的，还要让人们对表面之下的深层内容有深深的好奇。•

船石

纳瓦霍沙漠平原上的一座高耸的同名山峰，以独特的岩石形貌而得名，位于新墨西哥州的圣胡安县。

纳瓦霍人称其为Tsé Bit‘a’í，意思是“有翅膀的岩石”。关于它有一个传说：一只大鸟把纳瓦霍从北方带到了现在美国西南的家园，落地后大鸟变成了这块石头。

seventeen

17

幽灵牧场

女人与山

文字
Matilda Bathurst

摄影
Justin Chung

光与颜色将沙漠染成五彩，黎明时分，在混沌的大地上，暗金色、黄绿色、红色的岩石渐渐显现。这色彩是眼睛描绘的，是光线造就的，还是大地自己在描画自己，将五彩缤纷的内在穿透地表、粉砂岩地层、砂岩、石膏、石英，最终显现给世人的？岩石由气候造就，每条轮廓都是大地的呼吸。这如同昆虫羽化的过程，水汽降落，色彩生成。

女人在尘土中看到白皙的骨头，她捡起一根脊椎骨、一副头骨。这里没有花，她举起一块扇形的骨盆，好像在祈祷。透过它，她看见了天空，看见了那些斑斓的色彩。

山在看，轮廓是它的眼睛。山顶平如桌面，光滑如石镜。女人说，这是我的山，然后举起骨头，像举起取景器一般。如果我画得够努力，上帝就会把它赐给我。她画山的尖利和棱角分明，就像她画北方的谷仓和城里劈入天空的摩天大楼。她说，刀刃一般的山峰，就像纳瓦霍人打火石上的箭头。这里的生活与别处的不同，有如当地锋利的山尖。这里没有商店，没有钢筋水泥，没有回头路可走。

但是在这个人们称为彩绘沙漠的地方，没有任何东西是彩绘出来的，它只是曾经发生和正在发生的，在三叠纪、侏罗纪、白垩纪被造就，形成了粗粝的赭石色、冲积扇形的薰衣草色和方解石白色。艺术家在这里无法做任何的人为加工——那只是画蛇添足，多此一举。唯一的出路就是追本溯源，顺藤摸瓜，直到见山不是山。

这只是时间问题：关于等待。

她在一个叫作“幽灵牧场”的地方等待。没有幽灵，她说。我想幽灵从来没有在我身上附体过。

在女人来之前，这里没有幽灵牧场。一个世纪以前，这块约8500万平方米的地方并不是法律文件中的牧场，而只是彼德拉·伦布雷盆地（Piedra Lumbre Basin）的一个无人区，名字叫耀石山谷（Valley of the Shining Stone），科罗拉多高原和里奥格兰德裂谷在这里相遇。这里本是墨西哥的一部分，然后，战争爆发，国界线向南向西推移，它被划入了美国版图。

国界线于1848年重新划定，但山谷依旧。这里到处是沉积岩，岩石向前伸展，发出一声叹息。这里被认为土地贫瘠、无法定居，但拉美人和印第安人与前无异，依旧在这块土地上放牧。然后，在19世纪80年代，开始有奇怪的声音、可怕的故事的传言：树上有图案显现，尸体从地上冒出，巨型毒蛇出现，一整群牛在岩石间消失……这里由此有了新名字，El Rancho de los Brujos，女巫牧场，仿佛这里的地貌将神话带回了现实。超自然的力量讲述着大地疤痕的故事，这是关于侵蚀、压缩、山洪、沙尘暴、地震、火山、重力的故事。

其实，女巫是两个偷牛贼创造出来的，他们是两兄弟，姓氏为艾楚勒拓（Archuletas）。要是谁有勇气来这被诅咒的地方看一看，兄弟俩的秘密可能早就被发现了。这个峡谷里有好几百头偷来的牛，在飘荡着回音的山谷间徘徊。女巫的故事纯属谣言，跟为了吓住过往旅行者的雕塑一样子虚乌有。然而，它们依然影影绰绰地存在着。后来，一个兄弟因为藏金子的事杀了另一个，死者的妻子和女儿逃到最近的村庄。一天夜里，一群男人按照死者妻子给的线索找到了凶手，活着的兄弟也被杀了，尸体挂在白杨树上，人们很快都走了。而女巫们仍在这里见证着，金子再也没找到。

艾楚勒拓的一个后代后来申请这块土地的所有权。这块地的契约已经经了许多人的手，严格来说，属于洛斯·布鲁霍斯（Los Brujos），一个爱赌牌的白人。那是1928年，看起来挣钱的时机已经成熟。男人的妻子出了一个主意，把这块地变成富裕家庭的度假牧场。女巫牧场这个恶名肯定是不行的，但是它可以被改编成一个谁也记不清、没见过的幽灵的故事。至于金子，从来没人找到过。

1934年，一个来自美国北方的艺术家租了牧场上的一间小房子。她不是鬼，而是一个没有丈夫的妻子，不是很有魅力，但非常惹眼，长着男性化的鼻子和浓眉大眼。按这个世界的标准，这个女人太硬朗，不像女巫，而且太野性，不像女人。

她是城里人。在城里，画廊的老人说她的画有灵性，有空间感，好比弦乐，清脆有声。现在已经没有这种声音了。那个老人已经不在了，他的眼睛却存在于数不清的照片上，等待不断地被复制，最终成为一个标志。而那个薄嘴唇宽帽檐的女人，被各种媒体书写，无数摄影师跟随她来到这片沙漠，而她会在门口迎接他们，说："啊，你来看欧姬芙了。"这个名字从她本人身上分离出来，就像坛子和自己的阴影分离。她会笑着转过身，然后相机转向，对准风景。

独自一人，黎明时分，光把2亿多年的历史反射到她的视线中，她在自己房子的门框里站了一会儿，然后出发去找下一幅画。她画里的风景可以被还原到外面的风景中，但已经不一样了。画里，一切平坦而蜿蜒，关系被重新安排，由一种新的逻辑取代。女人刻意隐藏了自己的足迹，创造了自己的地质学说。

杰梅斯山脉的群山，从高大的树木后面显现。这幅画的名字翻译过来是《黑色高台》(*Black Mesa Landscape*)，蓝色、紫色、深桃色层层叠叠，每一层都是褶皱的平台。树木被压缩到较低的前景，后面的山丘显得高不可攀。空间不再隐退，一切都连续起来。

烟囱形状的岩层，从侏罗纪砂岩的悬崖上升起。画的名字被翻译成《烟囱崖》(*The Cliff Chimneys*)，石头大量挤在画面顶部，大都是圆形和凸出的肿块一样的石头，像脆弱的胃壁，让人不敢触碰。有两个烟囱崖超出了画布的范围，看起来僵硬而淫秽。

一片红色粉砂岩丘陵，里面藏着干涸的水道，这幅画

的名字翻译过来是《我的红山》(*My Red Hills*)，这是一个没有天空的残酷世界的近景。粉色和丝巾般的桃色被刷在画上，丘陵有着液体的质感，仿佛随时会流动。不同的角度和时间合在一起，将世界向内折叠，形成一个独一无二、无法触及的微观世界。

有时候，画是干的，还很白。那是女人去收集石头的日子，那些石头像各种形状的孩子。那些日子里，她还去白色的地方，去砂岩的峭壁下，悬崖的颜色像旧棉衬衫，被放大了，直指天空。她说，她的才能是抓住她想要的任何东西。在悬崖的包围下，最深刻地理解这里，看见就是知道和拥有。

土地的形状随时间变化，从外观上是看不出来的。它展开，收缩，水流下来，冻上再解冻。人们经过牧场——有艺术家、政治家、周末休假的物理学家。从这里往南几公里，有人在那儿测试造云机。女人问沙漠，等到世界消失的那一天，天空中的蓝色会不会还在。

没有时间等答案。这片土地仍然是土地的颜色，你能将你能和油混合的色素都做成颜料。

后来，乌云在女人的视野中心聚集。她几乎什么都看不见了。但是，如果调整焦距，她依然可以用眼角的余光看到东西。

剩余视力消失后，人们给她读书架上的书，说他们看见的一切。

过一条马路，眼前的风景就消失了，只剩下垂直的线条修饰着空间，好像老师跟她提过的地方。沙漠在哪里？

雾变成了单色。

呼吸蜿蜒通过犄角，从眼睛里出来。

在眼睛后面，是画。•

eighteen

18

研究
星体的移动

思考
古星术

文字
Sheila Lam

摄影
Jennifer Cheng

1930年8月21日，晚上9：22，玛格丽特·罗斯（Margaret Rose）公主殿下出生，和她一起来的是现代占星学。王室成员的诞生往往伴随着特别的庆祝活动，送礼物、放礼炮和夜晚亮灯，这些都是少不了的。当时正在公开寻求投资的《周日快报》编辑约翰·戈登（John Gordon），请占星家奈勒（R.H.Naylor）预测刚出生的未来的斯诺登伯爵夫人的命运。

黄道

占星家从地球上观察太阳运动，它的运动轨迹称为黄道。黄道英文名字（ecliptic）的由来是当月亮与黄道相交时，会发生月食（lunar eclipse）和日食（solar eclipse）。这条线的内外8度形成的区域被称为黄道带，在这里可以观察到黄道十二宫与太阳全年轨迹相交的情况。人们把黄道面分为12个大小相等的区域，每个区域占30度，对应一个星座。

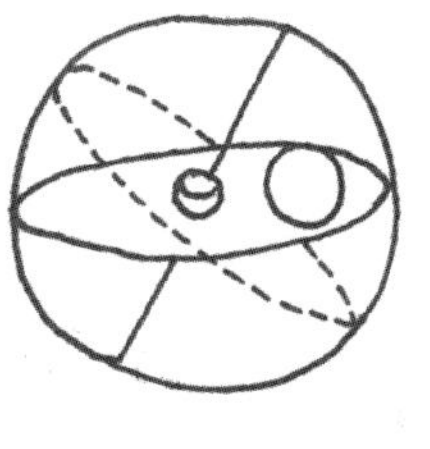

奈勒的文章标题为《新公主星座运势》，他讲到公主的太阳星座运势，吸引了很多读者。文章中写道“每个人都对未来感兴趣，星象可以为我们预测未来吗？”“一个人出生时的天象观察”，他的预测很受欢迎，后来戈登为奈勒在《周日快报》上开了一个每周专栏。

如今，星座运势多得数不过来，而各种类型的占星术已经成为一种文化现象。无论你是相信命运取决于天上的星星，还是讨厌充斥市场的各种占星学说和应用程序，研究星体的移动和它对我们的影响对星座理论的信徒和怀疑者已经各有触动。

地球上几乎每种文明都对星象有自己的解释。公元前5世纪左右，古埃及人认为星象与阿努比斯（Anubis）和阿蒙拉（Amon-Ra）等神灵有关。印度占星术研究三个领域：天文学，也叫Siddhanta；重大事件预测，也叫Samhita；个性化的占卜，也叫Hora。一些文明的研究跨越两个系统，例如中国文化中的生肖，以12年为周期，同一年中出生的人属一种属相，而每个人的个性则需要进一步结合其他信息来解释。

蛇夫座

从地球看太阳运动的轨迹，其实它还经过第13个星座，叫作蛇夫座——持有毒蛇的人。蛇夫座占据太阳轨迹的17度左右，夹在天蝎座和射手座之间。

在3000多年前的古巴比伦，人们抬头看夜空，观察到全年有12个新月。他们还发现太阳在这12段时间里，进入不同的星座。这些星座，如天蝎座和双子座，就成了不同黄道宫的名字。玛格丽特公主殿下作为新生儿，会有一幅皇家肖像，占星家也会根据她出生那一刻的太阳位置，为她的个性勾勒一张蓝图。

数学家和天文学家约翰内斯·穆勒·冯·柯尼斯堡（Johannes Müller von Königsberg，1436－1476）有一本手稿，里面用10页的图表画出最早的月食和日食。这些图用一个环状带，将行星的位置依次列出，还画出了周围的经纬度。把这张图与一位占星家的个人星盘放在一起，能得到很多令人信服的信息。实际上，天文学和占星学如此紧密缠绕在一起，以至于直到17世纪这两个理论都被认为是一回事。现代科学方法出现后，占星学才在学术领域失去了地位。

然而占星术并没有因此遭受损失。琳达·古德曼（Linda Goodman）的《太阳星座》（*Sun Signs*）一书上了《纽约时报》1968年畅销书排行榜。它教读者“如何认识一个人内在的梦想、隐秘的愿望和真实的人生角色”。这本书被翻译成15种文字，发行超过3000万册。当占星家仍在努力说服科学界认可他们的专业性时，在我的朋友和熟人中间，用星座来分析人已经成了日常活动。“人们被她吸引，因为她是狮子座”，或者“他非常有职业道德，因为他的土星在摩羯座”，这些说法似乎只是一些推测，但实际上，它可能有不少的社会价值。要我说，这是一种可以参考的解释，能对复杂的人和情况提供

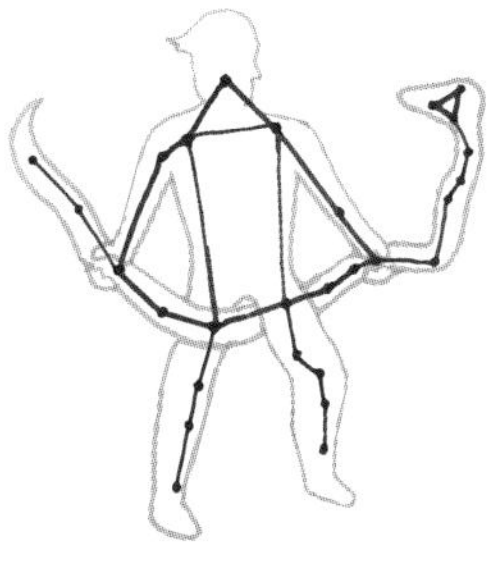

进动

地球自转轴的方向会在数千年间慢慢改变，就像陀螺一样。自转轴会绕某个中心旋转，这种现象称为进动。进动使得每年春分的时间逐渐改变。

西方占星术遵循的系统称为回归占星术（tropical astrology），它从春分点开始测量12星座。在印度传统中还有另外一个系统，称为恒星占星术（sidereal astrology），它从太阳与白羊座中的特定恒星相交的时间点测量。由于进动的存在，这两个系统的测量结果渐渐相差达23度。例如，在回归占星术里，生日为9月2日在处女座；但在恒星占星术里，这个日期落在狮子座上。

不带评判的说明。我经常看苏珊·米勒（Susan Miller）的每月星座运势，但并不会依赖它来预测重大事件。对我来说，占星术的魅力不是预测宇宙事件，而是因为它是人类为了解这个世界做出的努力。只要保持一点儿距离，占星术还是可以帮我认识人的不同特点，保持一个开放的头脑——尤其当我理解不了某些事情的时候。

占星术的核心意义是提供一种了解他人和自己的方法。它绝不能反映一个人的全部性格，但可以提供给你与他人建立更紧密关系的方法。它为自我反省提供了一个途径，让我们对自己的需要和对我们有益的事有更多了解。

在这个人人都在寻找与大自然更深刻联结的时代，占星术的流行是这一趋势的一种延伸。这种趋势是不是会持续下去，谁也不知道。但只要我们对自己的存在有无法解释的疑问，只要人类对未知依然好奇，占星术就会同牧羊人的灯光一样，在我们选择它时成为一种指引。●

晚上　**Anthropsophical 烛台，**
品牌 Dá Licença

摄影：Ash James

nineteen

19

跑步
之酷

远景视界品牌的
健康观

文字
Sean Hotchkiss

摄影
Justin Chung

模特
Ryan Willms

“感受你的手指。”

远景视界（District Vision）联合创始人马克斯·瓦洛特（Max Vallot）带点德语口音的英语很是舒缓，就像水流过石头一般。

“感受你的脚趾。”

星期三早上10点，我们闭着眼睛，双腿交叉坐在一间纽约的复式公寓的地板上，公寓是瓦洛特的朋友兼合伙人汤姆·戴利（Tom Daly）与他的超模女友艾尔莎·霍斯克（Elsa Hosk）的家。戴利是个身材瘦长的英国男人，发质好极了。阳光从大窗户照进来，霍斯克那只皮毛超级柔软的猫坐在我腿上。

“我们不追求多神秘的体验，”瓦洛特继续说，“在当下就好。”

在当下，瓦洛特、戴利和他们做了三年的品牌远景视界，状态都非常好。他俩以前是模特，拥有高端时尚行业背景，如今通过这一有创造性的商业模式，将跑步变得更性感。在远景视界的网页上，你马上能领悟到他们如何展示出跑步这一原始运动的华丽一面：高科技，日本制造的跑步太阳镜，与所罗门品牌合作打造的时尚越野鞋，各种肤色、纤瘦轻盈、充满汗水的身体。与巴黎的Satisfy品牌一样，远景视界是蓬勃发展的街头服饰运动中崭露头角的品牌。它在像纽约的“黑玫瑰”（Black Roses）这样的城市跑步俱乐部中广受欢迎，完美地契合了现在的健康运动风潮。

但是远景视界不仅仅是好看而已，它体现了瓦洛特和戴利的理念，即运动与时代精神融为一体，人们一般称之为“正念”。这两个男人都曾在20多岁时环游世界，过着奢侈的生活，然后开始反思，寻求更健康的生活方式。戴利开始迷上赛跑，瓦洛特开始打坐，教授冥想。

“以我的经验，跑步和冥想非常类似。”戴利告诉我，这是我们采访进程的第二段，他刚在曼哈顿下城慢跑了10公里，在骑自行车的人和挥舞相机的游客中躲闪腾挪。哈得孙河低潮时的咸味与甜味和早晨空气中刚割过青草的味道混合在一起。

他认为，无论是参加超级马拉松比赛，还是内观打坐，你内在的真相都会最终显现。

“没有地方可以躲，兄弟，迟早会原形毕露。”

远景视界的跑步者联盟理念介绍，由瓦洛特撰写，做成了音频节目，分为五集。每集内容几分钟，包括“学会感觉”“什么是痛苦？”“将你的冥想视为心灵的马拉松”等。瓦洛特在引言中说：“你必须一路前行，不断进步，但总会有起起落落。”

瓦洛特和戴利为了探索跑步和正念之间的联系，在过去三年世界各地大型马拉松赛事前举办了一系列由跑步精英领导的工作坊。工作坊的理念是：通过训练头脑，让身体自然地进步。在远景视界网站的点评栏目里，可以看到人们对这些工作坊坦率的反馈。反馈都很有趣，瓦洛特告诉我它们的共同点是：“大家开始有了新的问题，而这就是我们要的。”这听起来似乎有点儿答非所问。

远景视界在正念这个概念里也进行得很深入。瓦洛特最近去迈克尔·墨菲（Michael Murphy）在马林县的家中拜访，墨菲是埃萨伦研究所（Esalen Institute）的联合创始人。（“我问他对60年代的迷幻风潮怎么看，他告诉我：‘马克斯，我们那次搞砸了。’”）远景视界品牌的最新宣传手册名为“激进的静修”，是在北加州拍摄的。远景视界最早和埃萨伦的合作是重新制作其早年A.A.U运动计划的T恤。埃萨伦的迈克·斯宾诺（Mike Spino）还主持了远景视界的“正念运动计划”，现在这个计划已从跑步项目扩展到“流动状态运动”，加入了新的项目，例如攀岩和骑自行车。感觉瓦洛特和戴利已经将他们对高级时尚社交的热情全部转移到了追求心灵的成长上。

斯宾诺的文章《跑步作为一种精神体验》（*Running as a Spiritual Experience*）被远景视界网站转载，部分文字摘录如下：

我永远都无法理解那天午后发生的事。可能只是跑得特别舒服……也可能是在一种完美表达自己的艺术形式下我突然明白了自己是谁、是什么。

那么，精美的跑步产品与诗歌、冥想和意识有什么关系？“对我们来说是显而易见的。”瓦洛特说着，撞到了唐人街咖啡馆的桌角。他摘下太阳镜，那是一副超级时髦的镜面运动眼镜，与Satisfy合作开发。他微笑着，脸颊上绽放出玫瑰色的光彩。“就是为了能把这个世界看得更清楚点儿。”●

twenty

20

野性
之源

辛吉塔的斯文尼和
乐邦布酒店

文字

Rosa Park

摄影

Rich Stapleton

辛吉塔承诺的可持续性环境保护措施中，有一项是该品牌与特斯拉合作在克鲁格国家公园里安装15个大型充电电池系统（叫作动力组）。这将与太阳能电池板一起为辛吉塔乐邦布和斯文尼酒店供电。这是非洲第一个在电网之外的充电储能设备。

我停下脚步。粗粝的草丛里有什么东西在走动，草叶跟着晃动，锋利如刀的草和柔软如羽毛的草一起晃着。起初，我只看到草。然后，一对金色的眼睛进入我的视线，我呼吸急促，狮子呼了一口气，喉咙隆隆作响。

辛吉塔（Singita）提供罕有而震撼的非洲旷野体验。在创始人卢克·贝勒斯（Luke Bailes）的指导下，25年来，这个品牌在保护自然和接待游客之间寻找平衡点，现有14家建于国家公园和保护区内的酒店，分布在南非、坦桑尼亚、卢旺达和津巴布韦，每家酒店的管理因地制宜。对自然环境的保护是至关重要的。在维护当地美丽的生态系统这件事上，辛吉塔尽一切可能提供支持，扮演着积极角色。贝勒斯承诺“只有比现有的酒店更好，或至少一样好的前提下”，才会开发新的酒店项目。

在克鲁格国家公园（Kruger National Park）东南部，我在辛吉塔的领地留宿。这里约有1.3亿平方米原始灌木，以及两家酒店：斯文尼（Sweni）和乐邦布（Lebombo），建于2002年。辛吉塔斯文尼的木屋建在树顶上，大窗户正对着河水，酒店的名字就来自这条河。传统的非洲设计元素装饰着我们套房的墙壁，几何图案和颜色让人联想到本地的爬行动物、昆虫和鸟类。与斯文尼酒店相邻的是辛吉塔乐邦布酒店，它和周围的流纹岩山脉一样沐浴在柔和的色调中。巨大的一品红树环绕着木屋，恩瓦内西河（N'wanetsi river）在脚下流淌。

我们正享受迎宾酒水时，一只猴子闯了进来，径直跑过去，抓起酒吧冰箱上的苹果，然后逃之夭夭。两头河马在窗户下沐浴，昏昏欲睡地缓缓眨着眼睛，跟人滑进热水浴缸的神态一模一样。第二天夜里，一群狮子在窗外茂密的丛林中徘徊，影影绰绰，忽隐忽现。这里不分你我，没有动物不可以进入的地界。我才是那个要时刻为它们着想，尽量不打扰它们的人。

辛吉塔在尚加安语中是“奇迹之地”的意思。在坐车去看动物的时候，这个传奇变成了现实：狮子沐浴在阳光下，猎豹在树间飞奔，犀牛慵懒地咀嚼食物，大象笨拙而优雅地漫步，斑马高声喊叫，长颈鹿用卷曲的舌头卷住树梢上的叶子送进嘴里，鬣狗叽叽喳喳地聊着天，黑斑羚昂首阔步，头上是扭曲的羚角。水里，我发现了如巨石般静止的河马和浮木般的鳄鱼。鸟儿在林间飞翔，秃鹫在天空中盘旋。辛吉塔装有反偷猎科技装备，还训练了很多狗来保护这个野生动物的伊甸园，同时进行科学研究和监测。保护周围环境的同时，几乎没有人为干预的痕迹。

在导游的带领下，我认识了这块炎热的红土地上的各种植物：伞刺、乐邦布一品红和烛台一品红，还有四季常青的神奇薄脆草，据说它的嫩枝可以当牙刷，根可以缓解胃病，一些垂下来的蕨类有抗菌疗效。我惊讶于这些植物与生俱来的疗愈功能，以及其引来的那么多模仿它们的人造产品。

辛吉塔提供从简单、舒适到豪华各个标准的服务。傍晚的寒凉中，我们有热水壶和电热毯。早晨开车去看野生动物，空气里有凛冽的寒意，酒店准备了抓绒披风。太阳大起来，我们还有遮阳帽。两个酒店的房间里都有瑜伽垫，还附有早晚练习指南。房间的各个角落里都装饰着平衡能量的水晶，我想象它们默默地为我们的幸福散发着能量。辛吉塔同样对环境非常在意，他们使用太阳能，和本地的村庄建立互利共赢的关系。目之所及，很少见到塑料。消耗品都用玻璃包装，室内洗护用品有竹子做的牙刷和可降解的牙线等。

渐渐地，我习惯了辛吉塔的生活节奏：太阳升起，鸟儿鸣唱；我的脚步慢下来，每一步都更虔诚。自然界的神奇体验开始在我心中萌芽，一切如此沉默和宁静。在灌木丛中与狮子的相遇让我既震惊又新奇，转念一想，我和它不都是由皮肤、肉、骨头和一颗跳动的心脏组成的吗？在这里，我只是众多生物中的一种，它们是我自己的野性之源。我意识到，这里是地球上最后幸存的荒野之一：生动，不羁，充满挑衅。•

与难得一见的白狮子相遇。
南非白狮子，在野外仅存十几只
具有这种隐性基因的狮子。

人工岛在平坦的海湾上如海市蜃楼般升起。它是一个完美的圆形，由沙子铺就——沙子是从遥远的河床上用卡车运过来的。沙子下方的地基由建筑师精心设计而成。人工岛的宣传手册又厚又漂亮，它的网站页面被我一页一页翻过。它像一颗蛋，用一根长而曲折的脐带拴在绿色的海岸线上。南边的半圆形像淡黄色旋涡，跟月球表面一样没有生命迹象；北边的半圆由一条简单的虚线围成，将黑暗的海水与绿松石般的潟湖分开。用不了多久，酒店和赌场将从这片一棵树都没有的沙土中平地而起，直指天空。如果有树，会是棕榈树，它们的根会盘在一起向下伸展，笔直的树干整齐排列，形成一幅美丽的画面。好奇的鸟儿们飞过时掉下的种子会躲过挖掘机的魔爪，顽强地生存下来。如果铺草坪，通常用的是更温和的品种，它们被运过来，铺开，然后被日夜不停地浇上甘甜的自来水。

有比建造人工岛更彰显人类野心的吗？在一个四周都没有陆地连接的地方，建起鲜明而坚实、干燥而高出水面的土地，让旗帜在上面随风飘扬。也许这与沉睡的大海有关，从海洋中升起土地，就像从梦中醒来——我们从同子宫一般黑暗而咸湿的海水中逃出，虽然最终我们又会回到它的怀抱。现在，我们可以通过一块土地来逃脱。当第一条探险的鱼爬上沙洲，它的鳍因为奋力划水而颤抖不已。它眨了眨眼，在惊讶中吐出一口肚子里的水。然后，别无选择，又着急地回到浪里。第一批探险的人乘着独木舟——实际上，只不过是用藤绑起的弯曲木板——而来，他们的膝盖因饥饿和疲劳而颤抖着。为了建房子，他们把浆插进了地面，不料却是扎到了海妖的皮肤上。她愤怒地醒过来，开始兴风作浪。他们的“岛”开始倾斜，海浪翻滚，探险者们大口地喘着气。第一批上岸的人将船拖到沙洲上，长长的绳子握在手里，心中充满热情。他们把盖房子的柱子深深地打进地面，除非是洪水来了，带来密集得像云一样的蚊子群，才能撼动那些柱子。他们在土地上辛勤地耕作，把犁插进土地的皮肤，但土地只发出阵阵呻吟。第一批探险的工程师坐着小艇，信心十足地来到人造沙洲，一点一点地做着勘探。海在四周静默地等待着。

楔型人工岛和神户市被短桥连在一起。岛用混凝土块和水泥建造，与大陆之间的缝隙填满了碎石和酸性土壤。岛东边被切下一块，以构成橄榄绿色的矩形水面。它平坦的地面上充满杂乱无章的黄色、淡粉色和浅蓝色的建筑，而最多的还是灰色的。一所小学坐落在环路中央，一个停车场、一条商业街、一段狭窄的绿色小径在岛屿上雕刻出的形貌，远远看去，就像一块电路板板芯。这就是城市的呼吸方式。

海花岛（Ocean Flower Island）、棕榈岛（The Palm）、北九州机场（Kitakyushu Airport）……地球的海岸线上遍布着成百上千的人工岛屿。人类的野心由来已久。埃及人在尼罗河中的岛上盖起庙宇。乌鲁人（Uru people）用芦苇搭的茅草屋仍然漂浮在的的喀喀湖（Lake TIticaca）上。阿兹特克人的首都就建在特斯科科湖（Lake Texcoco）的人工岛上，如今成了喧嚣的墨西哥城古老的记忆。新石器时代的爱尔兰和苏格兰的河口上就已经搭起了房子。所罗门群岛的潟湖上遍布防波堤。在密克罗尼西亚（Micronesia）多雨的波纳皮岛（Pohnpei）的东岸，海滨城市南马都尔（Nan Madol）为国王而建。

荷兰弗莱福兰省（Flevoland）的围海造田低陷在地平线之下。一排排整齐的红色砖房上镶嵌着玻璃；有一小块地上，种着番茄和花；夏季，房屋彩绘的山墙上插着的风车，在微风中轻快地旋转。人们把泥地用墙围起来，再把水抽出来。在这里住了这么久，几乎都忘记了这儿以前是海。

就像爱尔兰传说中的神秘岛终日被薄雾笼罩一样，人工岛也可以是一个被遗忘的地方。陆地因海平面上升在我们身边日渐萎缩，在其他可以逃离日常生活的出口都最终幻灭以后，每个人工岛就成为入口，是人们逃离这世界最后的地方。在这里，你可以丢掉过去，抛弃一切躲起来，眼不见，心不烦，那些困扰我们的再也不是问题。机场、电站、加工厂、垃圾场、监狱……他们在长崎海岸附近建造了出岛（Dejima），将欧洲人拒之门外，希望他们最终失去兴趣，再次驶向未知。而在另一个人工岛埃利斯岛（Ellis Island），欧洲把贫穷、拥挤的人们遣送到那里。

有一个翼形人工岛，呈现着褐色、黑色、黄褐色，外缘长而直的停机坪上满是着陆灯。飞机在排队等候着陆，降落之前在空中盘旋，像四肢张开的船夫。这里有倾斜的巨石堆、道路、兵营和瞭望台、深水码头、喧闹的海鸥，空气中充满了咸味和硫黄味。

现在看看事情的另一面，我们希望把自己带走，忘记现实。我们需要完美的度假胜地，远离一切。飞到一个只有大自然的地方，有鸟和鱼，有遍地的野花。夕阳下，我们爬上沙洲，惊奇地眨着眼睛。镰刀一样的新月在海湾上升起，公园里矗立着塔状建筑。海湾首尾相交，围起一片清冷的海水。海水从两个圆形海湾流出来，冲到防波堤上，海浪如丝带一般，渐渐消散。一天只有一班轮渡，城市在薄雾中渐渐隐去，燕鸥在沙地芦苇上空盘旋。

如果我们能让一个岛从大海上升起，也许就能让它继续上升。轻轻按一下开关，设置为助推器模式。于是人工岛变成了埃奥利亚（Aeolia）[1]、拉普达（Laputa）[2]，飞到九霄云外。捕获星光作为能量的帆，推动着铺有田地和装着种子的车……期待一个美好的未来。虚无中漂浮着一个清亮的新岛屿。一个人的一小步，人类的一大步。当旗帜树立在真空中，它会飘扬还是耷下来？也许会立起来？或是又直又方，就像儿童绘画中的旗帜？岛屿不断升高，嗡嗡作响，最后一滴水也被甩出去了，留下废墟和空寂的海。

1　传说中由风神主管的漂浮岛屿。——编者注

2　《格列弗游记》中的天空之城。——编者注

纪念品 —— 纳瓦霍人和祖尼人的护身符，船石画廊

北美西南部的纳瓦霍人和祖尼人部落至少从公元7世纪就开始雕刻动物形状的护身符了。这些小雕塑普遍用当地材料制成，例如石头、贝壳、骨头、绿松石等天然晶体。原料和所雕刻的动物都是很吉利的。有些地方以黑熊、白狼或美洲狮作为保护神或帮助狩猎的神灵，而山羊或马则会保护牲畜不得病。在祖尼人的传统中，猎人会向护身符祈祷，用鹿皮小袋装起护身符，挂在脖子上，紧贴着心脏，他们认为这样能保佑狩猎时有好运气。对原始材料做的改动越小，它的作用就越大，所以护身符大多是抽象的、简化的形式。这些个人化的、被赋予保佑功能的传统护身符，如今也会被当作一种艺术品，由当代纳瓦霍和祖尼艺术家创作。